名家小写文集

杨召海

阳光地带

著

U0782523

北京联合出版公司
Beijing United Publishing Co.,Ltd.

**图书在版编目（CIP）数据**

　　阳光地带 / 杨召海著 . -- 北京 : 北京联合出版公司 , 2024. 8. -- ( 名家小写文集 ). -- ISBN 978-7 -5596-7768-6

　　Ⅰ . I267

　　中国国家版本馆 CIP 数据核字第 2024M3D561 号

**阳光地带**

作　　者 : 杨召海

主　　编 : 张海君

出 品 人 : 赵红仕

出版监制 : 张晓冬

责任编辑 : 肖　桓

特约编辑 : 和庚方　张　颖

封面设计 : 立丰天

北京联合出版公司出版

（北京市西城区德外大街 83 号楼 9 层　100088）

三河市同力彩印有限公司印刷　新华书店经销

字数 260 千字　710 毫米 × 1000 毫米　1/16　10.5 印张

2024 年 8 月第 1 版　2024 年 8 月第 1 次印刷

ISBN 978-7-5596-7768-6

定价 : 65.00 元

# 目　录

# 第一辑
## 花开花落

# 家与办公室的距离

　　这不足 50 米的距离，从家到办公室两点一线，每天我都要或急或慢地穿梭于这两点之间，当然，在这之间匆忙地走来走去是因为工作，工作是我们每一个人都必须做的事，我也是一个人，当然也要忙于其中。

　　家与办公室的距离虽然不足 50 米，但我依然从这 50 米的距离之中感受到了许多事物。这些事物都在微妙之中变化着，早晨起来，我还没下楼，先听到的是楼下人上班去的声音，有开门的，有洗漱的，有做饭的声音，最清楚的是楼下女士出门高跟皮鞋嗒嗒嗒地下楼梯。这时太阳还未升起，楼道比较黑暗，外边也是昏暗的，但窗外就在此时，传来麻雀叫声，那叫声叽叽喳喳，忽远忽近，鸟在大自然中比人勤快，早晨我最不愿意早起，但我也不愿意迟到，一般我都会在上班前 15 分钟内起床，简单洗漱之后，就飞一样向办公室跑去。早晨去办公室虽然匆忙，我仍可以感觉到清晨起来的人脚步总是匆忙地向前走，早晨的空气很清新，刚下楼时还不清醒，到了楼外就清醒许多，可以感觉到四周的空气是透亮的，阳光的热度也不烈，清亮透明在清晨最好。这时总会有几个帅小伙从身边奔走过去，或者骑单车，让风把衣服飘起，把头发吹乱。我有时会随着他们过去的方向张望，那是我熟悉的事物。路边的树木，我每天都要经过，但有时，我会突然觉得这树从瘦小变成大树时，时光之手是很厉害的，而我在奔走的过程中，总会遇到一些同事，男的，女的，有时来不及打招呼就过去了，有时看到别的小区过来的人，一下就知道那不是这个地方住的人，熟悉的人好认，不熟悉的人碰上三五次之后也就认识了，不需要问他的名字，他的住处，总之可以对上号。

中午下班我是比较缓慢的，因为离家近，从办公室走出来，就觉得阳光特别热情，自己也很有精神，显然是因为在办公室坐的时间太长了，出门就有了空间感和视觉的延伸感，看到阳光、白云、绿树，还是有些激动的。一般下班我会先去菜市场，看看新鲜的蔬菜、瓜果，虽然也去肉摊，一般买的少。这市场就建在家与办公室之间，所以经常去菜市场，看着黄瓜、西红柿，挑些绿叶菜，买一小块瘦肉，在人群中穿梭，市场上人多时，我得侧身走路，这时我感受到的是人的生活是离不开吃的，那些下班之后匆匆买菜，提着小篮子向家走去的人，在他们的身后都连着一个家。这不足 50 米的距离，每天都有上千人穿来走去。有时也会遇到一个老人不小心摔倒了，他的鸡蛋摔在地上，蛋清明亮，蛋黄金黄，觉得好可惜，但转眼一想那并不算什么，看看老人是否摔伤了，幸好老人伸伸腿脚都还好。市场里的绿菜、红肉，市场里的小店总是让人转来转去，我对这里熟悉。哪家菜好，便宜，哪家人对人和蔼热情，我就经常去，去的多了就成了朋友。如若我哪天忘了带钱，肯定可以赊账，先拿菜瓜。当我走出菜市场往家走时，就会想着中午吃什么，做什么饭。路边的大树拢成阴凉，密树之间有麻雀，也有一些灰鸟，我每次看到它们都会感觉到一种感激。以前城市里的鸟很少，现在鸟多了起来。麻雀也是鸟，麻雀虽然不怎么好看，但它生命力特强，我是喜欢的。从家乡的草垛，到家乡的麦场上，还有小树的枝叉上都有麻雀的身影，不时传来叽叽喳喳的叫声。现在我在石河子 34 小区住，这儿的麻雀虽然不多，但我几乎天天可以见到它，我很满足了。城市里的鸟能与人和谐共存，人的修养一定是提高了。树高大的样子，我喜欢。树大了，显得有造型。在阳光下树的枝叶密密扎扎，微风起处，树叶悠闲地荡扬，阳光穿过树叶，洒下点点光芒，我把眼睛眯成缝，看着树叶中的小鸟，它们不是蹦跳，就是藏起来鸣叫。

　　小区的路一般都不宽，中午时分，几乎是人挨着人的。人口密集的小区也会从地面到空中，布满事物，地面上大路，小路、小树、大树，绿草地，人与人在走动……空中有楼阁，有电线、电视线……我家可以清楚地看到高压线，四通八达，因为变电所就在楼下不远处，所以常常可以看到电线在空中织成井字，在阳光下，伸向楼与楼之间。有时电线上会落几只麻雀，我可以数清楚它们有几只，一般有 8 只，有时也有 11 只。8 只的时候多些，我也比较喜欢 8 只，因为我会想到 8 只应该是 4 对。如若是 4 对，那么它们就有 4 个家了，来年就可孵出许多小麻雀。麻雀在电线上一般不飞，我看到它们在高处用爪子抓住电线的样子，挺稳的，也挺快乐的。它们也相互交谈，在一些叽叽喳喳的声音中，汇成一片鸟语。有时因为季节，树下的那一片草地上开出了几朵红花，那鸟语花香就用在这里了。有时大风刮来，那电线之上便不会有鸟了，就连树上也见不到鸟的影子了。我也会低着头匆匆向前奔走。我喜欢有阳光的日子，喜欢风轻云淡，喜欢平稳缓慢的气氛。我把思想打开用心感受这 50 米内的事物，来去匆匆的人的面容和身影，有时在路上看到漂亮的小狗从身边跑过去，眼睛一亮，跟了过去，却不想这狗还跟着一个时髦的女士，我跟着叫小白狗，小白狗，那女士一转身，看到我追她的小狗，有些不高兴，我们相视时，我就不好意思了，就只好说："这狗真漂亮。"而后离去。

　　小孩子是我现在喜欢的，我自己的孩子也就 3 岁多，我从小带孩子，孩子对我有感情，我对孩子也有感情。我看到其他孩子从身边走过去时，都要看得仔细，男孩子胖乎乎的好可爱，女孩一般清瘦，但穿了花衣很漂亮，我喜欢，因为我的孩子就是女孩。有时我一出办公室，看到一个小女孩扎着小麻花辫，我就特别想女儿，嘴里不由得就念着紫微紫微。

当我松散地走到小区、走到楼下时，总是先看一看楼前的绿草，有时我也越入绿草地中，抓一两只蝴蝶，或者看看绿草，揪几片草叶拿在手中。如果这时我看到妻回家，我就从草地上冲出来，与妻一起上楼回家。如若看到孩子走来，我不奔过去，只发出轻而缓的叫声，叫紫微，紫微，孩子寻声就飞跑着向我奔来。我就蹲下，用双手接住女儿，而后将她高高举起。每每这时女儿总是发出一连串清脆的笑声。有时我也望望楼上——我望我住的那一层楼房。我望楼时，总能望到蓝天白云，因为我住六楼，在这里六楼就是最高一层了。我发现好多年之前这楼的外墙颜色是鲜艳的，如今那些颜色变得越来越灰暗了。

今年我看到的比较多的是小区里私家小车多了起来，特别是中午下班去菜市场时，因为小车多，本不宽的路经常堵车，我就要绕道而行了。我不喜欢这样的时候，路一堵心也不畅通了。有时急出一头汗，所以我总是在买好菜之后看看有无堵车，如若有我就返回，而后从另一条路快速回到家中。

这 50 米的距离，在我的心中常常生出一些想法，从人与人之间的感悟，从匆匆的脚步中，我走过岁月、用心体会，感受生活其实就在脚下，在眼前，在每一个细节中……

# 爱好成就事业

　　在达因苏的时候，我还小。那时冬天很漫长，孩子们会自制一个滑冰刀，在河水结冰的地方滑动。几周之后剩下的孩子，都可以滑得很长很好了。我是那其中的一个孩子。我在不知不觉中喜欢上了滑冰。那个冬天，我不觉得冰雪有多寒冷，只有每天在冰上滑动的声音，让自己平稳地定在冰面上，向前飞快地滑去。一个冬季并不觉得漫长，当我发觉自己的腿脚有力、身体开始健壮起来的时候，我对体育已经很感兴趣了。

　　达因苏的山脉、河流有着让视线依恋的地方。冬天的大地雪被铺在坚实的草原、山脉之间，山峰勾勒出锋利的棱角，大鹰的羽翼，划过天空，天空的高度不再虚无。雪飘过的地方，总能用一双素手绘出银色世界的面貌。达因苏的雪有着清爽的美，阳光下，那些寒冷的冰面、雪地、山脉、落鸟，其实对孩子来说很近，孩子世界里鸟的语言，就是孩子的牙牙学语。当一只只鸟留在孩子的眼中、心中，孩子用稚嫩的小手，在一张破旧的纸上，慢慢将一只鸟勾画出来，那鸟笨拙的样子，让孩子笑得失声，自语起来。其实，鸟就在心中，那形态、那灰色的羽毛，其实所有的花纹都在心里，那鸟的小爪，轻巧地落在树枝之间。我有时用更多的时间，从一只鸟开始绘画。先是用眼睛观察，用心感悟，那些鲜活的状态留在心中，很长一段时间，在一些纸片上，在大地上，在雪面上，用手勾勒一只鸟，一只鸟的外形，在三四秒之间就能勾画出来，一只鸟的羽毛、血肉却怎么也不能勾画出来。那些鸟在眼前飞过，那些鸟在生活中飞来飞去，在雪地上的鸟，在树枝上的鸟，在达因苏，山山水水中的鸟，我一一画过。从鸟到草地、山坡、家园，从玩伴到上学后，我拿着彩笔描绘鸟，飞翔的鸟，有着五彩羽毛的鸟。那些鸟在白纸上鸣叫，把一个单纯、幼稚的孩子的世界点亮。我知道这些过程是我最终考上美术学院的过程，我知道一些孩子心灵中其实没有活生生的灵感，他们凭借速成班、技巧考上了美术学院。这之后苦恼、头疼就总伴随着他，他只能写生、临摹。那些生动的生活场景，他们没有，所以痛苦和烦恼常常伴随着他们。我的绘画之路来自生活，我可以自由画出山水、庭院，画出动态的牛羊，飞翔的鸟雀。不是我水平高，是我与生活、与现实相近，如果一个人能够做到天地合一，如果一个人能做到融入大自然，那么他的境界是自由超脱的。

我的爱好与生活紧紧相联。其实小的时候，我不知道什么是爱好，那些事物与现实拼接着每一个画面，那些在不知不觉中，并非刻意追求的东西，在自己的空间凝聚。我清楚那些别人看不到更体会不到的场景，并且在心中告诉自己，我喜欢这个，喜欢得放不下，喜欢得要用时间来充实这项事业。爱好成为事业是必然的结果，如果不喜欢，不爱好，我相信成功的机会也不大，如若为了不喜欢的事业去拼搏，那么即使成功，痛苦也会随之而来。

我不爱写字，不爱读书，我就喜欢说话，上学的时候，与同学一路走着说话，大多数时候是在争辩，对的争，错的也争。争到最后，很多时候争回来的不是烦恼，是语速的加快，是唇齿之间发音的准确，是语言思维的增强。为了争论，两个孩子一路上学，从初中走到高中，那些争论的范围逐渐扩大。有些时候，我会专门查些书籍，为第二天的争辩做准备。那些时候我是独立的，是有思想的，从胡搅蛮缠走到用事实、科学规律说事，用辩证法理解的现实中的事事物物说辩。现在我的辩论占上风的机会很多，我的思维也是活跃的。我喜欢辩论，喜欢看到现实状态，反复思考。一些问题就会看到内在看到本质。因为语言要表达好，必须要有思想，没有思想的语言轻飘，没有思考的语言，是胡言乱语。所以我常常说话，面对朋友，面对苍天、大地，面对一盆花，说说心里话也很有意味。一直以来，我都是这样走过来的，从绘画，从说话、争辩、思考，最终我用笔说话，用笔写出自己的语言，我发现用观察的态度绘画和写文章是相通的。

爱好来自漫长的生活，孩子的爱好不会相同，有些孩子不爱好学习，要培养兴趣。爱好不是天生就有的，爱好的出现和环境、人有关系。有的孩子上小学、上中学都看不出有什么爱好，其实不是，有些爱好是不可以分辨的，我的语言爱好、文学爱好，我上了大学后才知道，在这之前，我认为绘画是我唯一的爱好，很小时我就可以画出一些现实的东西，画得快，也画得很像。语言与文学，其实一直跟着我，很紧又漫长地跟着我，所以我才可以在不懂什么叫诗，不懂什么叫散文、随笔的状态下，写下十几行字，发表在诗歌刊物上。当我发表了一些散文、一些随笔时，我也不知道那叫散文或随笔，但报纸或刊物上分明有散文或随笔的分类，那么这些状态，我用思想一路地分析过去，我知道了文学、语言、辩论与写作紧紧相联，很多时候，有大量的学生能写出好作文，却写不出长的文章，其实是因为他们还没有这样的爱好，也没有形成语言、辩论、观察的习惯。

有很多人说"我自己"没有什么爱好，不对，就说吃也可以成为爱好。很多美食家就是从吃开始的，有些孩子喜欢拆一块好表，最终可以组装起来。我认为那样很好，说明他组织能力强、协调能力很强。但不可以把家里的电视、冰箱都拆了来锻炼自己的超常能力，一些能承受经济损失的东西，让小孩子组装或修理，说不定会成就一个新的发明家呢。

　　我走过的路清楚地告诉我：兴趣成就事业。我现在经常有文学作品发表，有绘画作品参加展览，我知道，兴趣、爱好对人的一生起着巨大的作用，这些状态有时是在不知不觉中形成的。

# 对面的高楼

　　我住在乌鲁木齐市红山路 38 号建设大厦 6 楼。下午办完事后，我习惯在高楼的一间屋子里看书或站在窗前望远处，这样挺好，不费劲，可以看得远些，况且在高楼里，隐去了许多嘈杂。在我的对面，一座现代化高楼耸立在那儿，我坐的位置看不到楼底部，只能看到楼的中间部分。我想这楼好高，应该差不多有 40 层。

　　乌市刚下过雨，天会变得透彻，光感倍增，即使是下午了，阳光也会把城市照得很亮。对面的高楼，在阳光中棱角分明。高楼从整体上看是暖色调的，窗户是暗色的，会让你想着里面是什么样子，住着什么人，是否与我一样在高楼的某一扇窗前向对面注视。

　　在这楼与楼之间也就 100 多米的距离吧，风就从中穿过去。云在更高处悬挂。对面的楼很张扬，因为高大，造型独特，颜色与外型在时光中让人记住，其实我更多地将目光停留在对面不多的窗前。每扇窗户后面，都有一户人家，每一户人家都有在这城市里走动的人，走动的孩子老人。生活在大城市里，家很重要，有一小片属于自己的天地多好，在一天的奔波劳累之后，回到高楼里平躺、休息，或凝望远方，在窗前与我一样望着远方。在阳光中，窗户都是黑色的广场。对面高楼墙面的颜色都很亮丽。阳光渐渐落去，灰色出现，这时对面的楼不再亮丽，颜色分辨不出，灰暗让高楼变得沉静。不要紧的！这时对面千万个小窗，就会有不同颜色的灯光亮起，在楼的表层，各样的装饰灯也都亮了起来。这座高楼，渐渐在黑色里，让灯火点缀。每一个窗户都有一个灯，那灯的背面一定是一家人，女的忙着做饭，孩子在另一间房里写作业，男的看着报纸，或凝神思考什么，屋里只要有人就会好些。地面的高楼在夜里更能让视线走近，灯光就会告诉你。城市中，一座高楼中聚集着各行各业的人，那些人你肯定不认识，但在灯火阑珊的夜中，会让你用眼睛与城市对话。大城市总是有太多的人，乌鲁木齐流动人口最少保持在 20 万人以上，从这样的数据上就可以理解，为什么大城市寸土如金，如果不盖高楼，人是住不下的，而高楼也会把大城市的品位提高。

现在夜很浓了，灯光从黑暗中显出明亮，而天空与背景都隐去了，看到的只是灯光，在对面闪烁。这夜里仿佛多了许多心灵的窗户，在夜里，心也许平静了，而眼睛不会忘记远望在分秒之间感觉夜的沉思与热烈。

我不想动，我从楼的亮看到它进入黑夜，我偶尔喝一口水，然后继续用平静的目光注视对面的高窗户。直到深夜，许多灯都关掉了，唯有三三两两的灯还在亮着。我想这些亮着灯的人家，一定还有人没睡去，或许有人与我一样坐在窗前，看城市在时光中慢慢走过，看着对面的楼想着里面的人。城市大了，人海茫茫呀，如若你在城市里想见一个人，你很想见但不知道他的电话号码，那一定很难很难，想用碰运气的办法在你曾见到他的地方等他出现，运气好三五次也许能见到，运气不好，怕是你用一生都不会等到，因为人不像楼阁，就在那里耸立，人是走动的，即使现在在对面楼中住的人，也随时都会搬出去。有些人走出高楼，也许无法回来，有些人去了国外，有些人去了城里的另一个地方居住了。

看对面的楼，我产生最多的想法是，既然面对人生，面对城市，我们都匆忙地过着每一天，其实思想的空间很大，很多时候，我们看不到的自己家，看不到孩子与家人，他们在夜黑时就沉静在有灯光的屋子里。那里面最有生活的气息，是休息的港湾，就像我随便地倒在床上，半梦半醒的样子，在高楼处悠然地看着对面的楼。

渐渐地我的视线模糊了，在城市的高楼里，我进入梦乡。早晨最先吵醒我的是住在我隔壁的人，他们洗澡，走动的声音不大，但传得挺远，我起身不想洗涑，我往窗前走，当我再次看到对面的高楼时，它们又恢复了平静，没有亮丽的灯，而窗户又变成沉黑色了，好像冷漠地看着我，我想这时窗户里的人都走出去了，上班或干别的去了，而窗在没有人时，就变得冷清了。不过这高楼在清晨一下子变得雄伟、亮丽了，我断定今天是个好天气，而阳光随后就到达了这个城市。

我看着对面的高楼，它除了雄伟还显出了高贵与华丽。

# 草　原

　　太阳升起来了，灰色的帐幕像青烟织起的面纱，在阳光下渐渐散去，草原的胸怀无比广阔，鲜花与绿叶永远是草原的灵魂，将无限的生命融入大自然。

　　当冰雪消融，阳光渐暖，草原从白色的雪中开始露出，那时已是 4 月了，草原的绿渐渐生长。草儿还小，风吹过显不出飘动的姿态，那些低洼处的积雪化了一半便成了僵硬的冰块了，那是春天的水，在时光中慢慢消融，浇灌着周围的小草，如果你仔细观望，这地方的草一定长得很好。

　　草在春风中大片地成长，每到这时，我都要去草原上看花。那里最先开的是蒲公英，在冷风还没有退去的日子，已开了很多金黄的花了，一片片点缀在草原上，像星星一样。每次我都十分小心地摘几朵小花，插在很小的瓶子里，把春的热情与美好带回家中。那片草原有个名字叫"达因苏"，这个名字代表了家乡，代表了美丽的草原。

　　我家离草原很近，每天清晨我都会到草原上走走，踩着绿毡似的地面，有清风轻轻吹来，脚步自由轻松地迈去，即使走偏了也不要紧，因为草原到处都一样，平平的、绿绿的。草原很大，远连着天边，连着远山，在那里任你的思想跟着它开阔，可以让风儿自由吹起，让云儿变幻着各种姿势在那里玩耍。在草原上成长的人们，胸怀也像草原一样广阔。

　　草原不仅仅是绿草与花的世界，那里总会有大片的牧群走动或者奔跑，那一片片白色的一定是羊，长着长角慢悠悠走动的一定是牛，马儿是草原的天使，总能将风装进长长的马鬃里，将马鬃拉成飘逸的样子，飞快地在草原上奔驰。

　　我每次去草原都不免要发出感叹，真美！在草原上成长多美好呀！这么近，这么亲，看着它，拥着它，想着它，真好！

# 柴山有路

风雪过后的柴山雪景，要算高山与玉树是最美的。远望可见山峰中仍有黑色、灰色，山体显露，颇为雄壮。远处的树隐隐可见，那是一些造型古怪弯曲的爬山松和一些可以烧火用的柴树。

山乡的公路、小路边都有人们种的树，树都高大，因而，树冠之上，积雪很厚，像棉团堆于树枝上。

雪过后，大人们总会把家中的爬犁钉好，套上牛马，在雪地上拉出长长的犁印，爬犁渐多路也就压得坚实了，滑了。爬犁虽然原始，在北方之冬却是常用工具。

柴山上是有路的，在我们那儿，有经验的老人即使在风雪中也能顺利返回。那时我也有 14 岁了，每有大人上山，我便急着想去，后来在父亲的允许下，我就跟着那些叔叔上柴山打柴去了。我们拉上爬犁，还带些干粮，清晨星星还在闪烁时就已起程，山路很远，我们要走 2 个多小时才能到达山里。先是顺大路，路很平，走起来也很快，年青的我由于新鲜，一路小跑，抢在前头，没多时，就觉得气不够用，喘着粗气，只好放慢了脚步。叔叔们还是那样不慌不忙，健步前行。天渐渐亮起，路渐渐狭窄，大家串成一条线，像只游龙，在山脚之下，慢慢挺进深山。初到雪山之下，总觉山体雄伟高不可攀，群山一座座交盘在一起，高高低低向远方排去，最为壮观的应该是白山了，山体陡峭，山势险峻。眺望峰顶，我仰望得脖子都痛了，叔叔们却不觉新奇，他们是经常见，我们继续前行，路没了，只有山与山之间自然的平坡，看似也像是路，转来绕去，渐渐盘于山腰之间，这路是自然的，走到哪儿哪儿就有路，也真神奇。真是"车到山前必有路"！

大约走了2个小时，山坡渐渐高起，我们走到柴树较为密的地方，才停下来休息。大家把爬犁放好，取出干粮，就着山里干净的雪，大吃起来。在我近前就有呱呱鸡落地，叫声响亮，在山林中回荡。雪地上总能见到野兔、狐狸的脚印。大家吃好了，就分别到山上去砍柴树，我们也习惯叫它"千层皮"。其实也无千层，只是皮层多了些。大人们有经验，砍得很快，我也不甘落后，努力抡斧，虽累得满头是汗，但想想通过自己的劳动，干起事还是挺高兴的。柴树砍了好大一堆，就听张叔叔说，行了，可以下山了，砍多了拉不出去的！

于是就先像叔叔那样将柴树捆好，尽量把柴树两边捆均匀，然后从山上往下滚，柴树都能很好地从山顶飞快地滚到坡底，省很多劲，然后装上爬犁，顺来时的爬犁印，返回去。

其实柴山到处有路，即使明天到别的山坡打柴，也一样可以在山间绕来绕去，走出山林，回到家中。生活其实跟山路一样，很多、很乱，只要我们努力前行，走些弯路也不要紧，最终还是可以找到我们所要的东西，继而再前进，记住"柴山是有路的"。

# 地下街

　　这是个很有意味的词组，在城市里不足为奇，但乡村、团场乃至小镇都不会有地下街。当然只有生活中经常出现和身边有的事物，才会让自己熟悉。我是很少去逛街的，逛街就是走过去，进入商场。女士特别喜欢逛街，逛街是女士们的专利。

　　对于地下街，我是先从自己的城市开始听说的。我住在石河子 34 小区，在小区走动或者说话，有人在说："石河子又建了一个地下街。这条地下街是温州人建的。"后来地下街建好了，我也去了一回，我看到温州人建的地下街，也叫温州街，从前最早的石河子地下街规模小，尤其布置装修很普通，有时进入街道感觉脏乱，连像样的装饰灯都没有，所以可想而知了，生意也很惨淡。

　　现在的石河子温州地下街，真的很好了，进入地下街有电梯，进入街区里面灯光很亮也很温暖，各种商品在各种不同的灯光下，闪着迷人的色彩。对于色彩，多数人会有强烈的感觉，尤其女孩，对色彩很挑剔，所以灯光与美丽的商品在地下街融成了美丽的街景。

　　我是一个比较敏感的人，我在城市待久了，感觉街道上的灰色高楼在白天没有灯光闪烁时，更加灰暗，许多商场白天是没有灯光的，即使有也只是少量。而地下街则不同，在地下街，灯光可谓是生命，如若地下街断电，那么一切都将陷入黑暗。地下的街道，阳光是怎样也照不进去的，在地下街走动的人会感觉到一种神秘。地下街的好处很多，逛街时尽可以放松，光感决定商品的样子。地下街往往平整干净，脚底下踩着的往往是好看的装饰地板砖，走在里面可以感觉到冬暖夏凉。我虽不喜欢逛街，但有时我会专门抽时间去地下街走走，即使不买一针一线，只要信步走入地下街，在灯光的指引下，看走来走去的人群，看买了新衣服和商品的人在近前的灯光下也显得亮丽。在远去的人影中，我看到的是迷茫神秘，我看到用石膏做的人体模特，在光的照耀下穿着时髦的服饰。我的眼神光亮，我看模特穿的衣服真的很好看，会下意识地多看几眼，而后走过去用手摸摸那衣服的质地，但我都会惊奇得发现，那模特好瘦，好高呢，怪不得衣服穿在模特身上如此完美。那衣服若穿在一个胖女的身上肯定不好看，我也看男的石膏模特穿的衣服，有时我觉得很完美，索性想买，我拿下来试一试，发现这衣服穿在我身上太难看。其实地下街的两边都是分隔的店面，只不过店面装饰考究，每一间店面的物品都是精心摆设的，所有的灯光与装饰风格都有自己的独到之处，像"夏岛"、"意林"、"天美"、"阳光岛"等，光听店名就觉得有意境，店名与商品完美地结合在一起。我在首饰店停留的时间比较长，有些时候，我也说自己，自己是个男人，为何爱在首饰店里停留呢？我想应该是色彩和灯光吸引了我。在首饰店里，灯光洒在各种花色的首饰上，会产生许多美丽的反光，光与光碰撞出来的混合光有好看的颜色，蓝的，紫的，红的，水晶的，现在首饰设计非常精致，更具有艺术造型，从直线转向圆弧、扭动，色彩从单纯的红、黄、蓝转向复色。每一件首饰上都能散发出诱人的色彩与光感，灯光让水钻更加耀眼夺目。我有时也拿一两件特别精致而又好看的首饰，在灯光下摊开，我想买下它，送给家人。

　　冬季逛地下街最舒服，当你从地面步入地下，先走一段往下的梯子，当你走到头儿，一转身，就看见地下豁然开朗，灯光辉煌，你感觉不到一丝的风，一丝的冷。在地下街，所有的人似乎都好看了些，简单的衣服，熟悉的衣服，让灯光一接触，所有的东西都亮了，美了，当然人也变得美了。地下街其实很长，我从一头直走到另一头，就发现至少半个多小时没了。

我去地下街的次数其实很少，但我知道当阳光落去，大地融进黑夜时，地下街里才更加夺目，因为灯光，有灯光与饰品的混合色彩，你知道地面上没有阳光时，你就更加珍惜地下街的彩灯了。地下街晚上的时间是很短的，但在里面走走看看，做一次匆匆过客还是很好的。

在乌鲁木齐，高楼实在太多。几乎是一个紧挨一个，30多层的很多。当我从车上下来，人多、车多，特别是在乌市逛街，要走很多路，东拐西拐，才终于到达一商场。一路要躲好多车，一路上都是吵吵闹闹的，人声，车声，喇叭声让人心烦。我想着给女儿买一件礼物，就去了乌市的亚新广场地下街。在那里，我看到的是更辉煌的灯光，地下街很热闹，各个民族的人都有。在乌市地下街，除了更加高级的装饰和美丽的灯光之外，人是很有特点的，大多数的店员特别热情，当你走在一个店面前，就会有人主动问你想买什么，要什么，只要你想要，她就热情介绍每一件商品，直到你买。但地下街的商品往往不好讲价，我在地下街看到许多自己想要买的东西，但就是不敢买，因为我去地下街少，真的不了解地下街价格是否合理。我发现，乌市的地下街特别长，我觉得走得挺快的，但一直没有走到尽头，当我要找出口时，又发现地下街有一段是分为两层的，看来乌市的人特别喜欢逛地下街，况且地下街还在不同分段处设有休息室、洗手间，也有吃饭的地方。当你逛着逛着，发现自己累了，饿了，刚好有吃饭休息的地方。这地面上的城市，节奏太快，你在地下街让自己放松，并且在灯光的指引下，做了一个梦，你从这一头走过去，从另一头出来，经过了一个漫长的梦，地面上冬天很冷，地面上车多，人杂，噪声不断，你的梦一下就醒了，你知道乌市的现在、过去，你快速回忆，忆起自己的从前，但现在你分明还在乌市噪杂的街头站定。

# 感触赛里木湖

　　赛里木湖是我一直想去的地方，所幸我在大学即将毕业时去了那里。赛里木湖坐落在西天山顶部，海拔 2073 米，水面面积 457 平方公里，是新疆境内海拔最高、面积最大的高山淡水湖。

　　那是 9 月中旬，我们美术班 19 人前往伊犁写生，中巴车在公路上行驶了很长时间，清晨才到达赛里木湖。一下车，首先感到一股清爽的空气扑面而来，微风轻轻地在草原上舞蹈，草原的绿色在视线中延伸而去，远处的山坡依偎着天的边际。当有人用手指着一个方向大喊"赛里木湖"时，大家便举目望去，我的眼前一亮，感到面前有一面大镜子，它反着光。这面镜子太大、太蓝，蓝得有一种清冷劲笼罩四周，我一下被震住了，丢了行李画夹，向赛里木湖走去，我不敢跑，怕视线太跳动看不清楚这美景。远看赛里木湖，她蓝得像宝石，这种蓝太纯，怕是调色盘里也调不出跟她一样的色彩！她像是地面上生出的一个天，那里面的白云显得平静、安祥，天在水的映射里，或者水在天的映射里，这水显得比别处清，云在水中显得比在天上白，天上的云，水中的云，相互映照着。

　　此时我的心倒是平静了，神经与视线却远伸了去，去触动蓝色的水面，然后钻进深深的湖底，像一条鱼在蓝天里飞翔。我在水面上反复搜寻，总觉得看不够，虽然这只是一汪水，静静的，有时也在微风里翻一些细小的波纹，波纹连接着向远处传递。她是那么温柔、平静，又近乎于羞涩。

岸边有一些水草，小石子，走到近前，清凉凉的水涌动着冲向岸边，在小石上轻轻划过，然后返回，像一个顽皮的孩子。我忙用手捧起一捧湖水，冰凉透骨，赶快撒手，溅起一些水花，落处一点也不浑浊，放眼观去，可以看到较远处的水底，绿茵茵的水草静静地伏于水底，犹如绿色的毛毡。

这是一个大湖，一个让人牵挂的湖，一个让人觉得神奇的湖，站在那里，很容易让你的烦恼随着粼粼的波光消失，让你倦怠的心灵在清凉的梦境中得到舒展，你可以放纵你的思想，放纵你的情感，放声呼唤，我爱你……

九月了，在这湖光山色的地方，蓝蓝的天空伴着纯净的风，草儿还显得嫩绿，绿色生命依然蓬勃生长，一片片的草地点缀着花朵，有零星散开的，有白色花聚集一片的，也有黄色一片片成长的，每一处都有耀眼的景。这儿的气温明显偏低，使你感到清醒，太阳在这里称不了狂，这里不会热得过分，当然这里的草原、植被之所以葱郁，是沾了湖水的光，水气的蒸发循环被植被吸收，即使没有雨水，这里也一样花草茂盛。如果说绿色是草原的生命，那么赛里木湖的生命就是蓝色的，那种蓝沉静而又遥远，像蓝天，像海洋，像远无边际的思想！

在一阵平静之后，风像是快乐的骑士，赶着湖水掀起了波浪，如果站到湖边就会有一股强大的水气、风气扑面而来，吹散了头发，吹乱了衣服，浪总是一个接一个地来，又一个接一个地去，远处、更远处已看不到波浪，但会感到那里很深、很静……

顷刻间云集在一起，天阴了下来，风猛得刮起，雨在云密集时落下，我们飞快地奔向客车，雨哗哗而下，只见赛里木湖开始翻起大浪，浪花打在岸边四处飞溅。那个碧蓝的、清静的水面，顷刻间碎裂了，远望赛里木湖，此时心里像着了火一样烦躁不安，似有千万铁骑相互交战厮杀！雨水已算不了什么了，就像阵风一样很快逝去。云散了，天依旧很蓝，太阳笑着从云层里钻出来，草地在阳光下显得更清秀了，绿得更鲜艳夺目了，放眼望去，山川湖泊在视线中很辽阔。可是湖怒了很难平息，她长久地奔涌、翻滚，像是在发泄脾气，又像是在抒发长久的积怨……这湖静时像含情脉脉的少女，怒时像咆哮的野兽。我还未感慨完，天晴了，可我还在为刚才的雨水和愤怒的湖水发呆，这大自然果真神奇。

我静静地看着这清秀的山川、草地，湖水还未静下来，但那蓝色的水还有白云做的帆，早已深深地印在了我的心中……

# 那桥　那水

当我在匆忙中走过一个又一个城市，又从城市与农村中走回来时，我还是不能忘记塔里木河和塔里木河上的钢铁之桥。那桥是用铁或者钢做成的，桥的长度与建设时间我都不知道，但我可以感觉到这桥是我想看到的桥。这桥下的水一年四季都是浑浊的，让你无法看清水底，只能看到宽广的水域在河床里向前飘去。尽管如此，水还是有质感的。

塔里木大桥是我到阿拉尔一个工地上采访时知道的。当时我就想着去塔里木大桥看看。当我一路步行，远远地就看到了大桥一边的旋塔，许多车从塔前进入大桥。桥上有好看的栏杆，从侧面可以清晰地看到浑浊的河水中矗立的桥墩，那桥墩圆形的倒影也映在水中。水并不急，是缓慢地流过去的样子，只是这么缓慢的水，为什么会这么浑浊，我有些想不清楚。桥下有一些人手拿鱼竿在钓鱼，钓鱼的人在对岸的人看来显得很小。我径直走上大桥，不知为什么，就觉得这桥来得不易。桥本身是走人、过车的，但在这里我能体会到它的美丽与坚强。在这宽广的水域上，只有桥显得壮观，它自豪地挺身，用肩膀托起两岸的车与人，晚霞中，阳光的余晖就洒在水中。

夏日里阿拉尔风小，天热时几乎没有风，而塔里木大桥之上总会有风，你若想在桥上漫步行走，那再好不过了，走时有车从你身边过，你不必害怕，车在桥上也不会开得太快，所以不会让你感到危险。我习惯站在桥的中间远望，一直望到天地合一，而后转过来望上游的河床，河水在太阳下变化还是挺大的，我发现这条河流动的地方水最浑浊，而河边分支里或不流动的地方，水是清绿的，只是那些清绿的比例小得可怜。

我最喜欢晚霞中的塔里木大桥，在柔美的光感里那桥变得古朴沉静，如若没有桥，很多时候两岸的人只好对望。我庆幸我来到这里时，桥早已建好了，我偎在桥边的一根栏杆上，看晚霞中塔里木河的风光，因为塔里木的母亲河就是塔里木河，它虽然历尽艰难从远方奔来，却因为它的存在，养育了河两岸的人们。

# 爬山虎

　　我穿过马路，向交警指挥中心后面的家属区急急地走过去，这地方我走过好几回了，以前是在冬天，这里有高高的楼墙，家属区的院子挺大。这次我走过这里，我清楚地看到一种绿色的植物，就顺着楼墙长上去，我知道有几种植物可以顺着伏杆或架子往上爬，对于眼前的这种植物我还是吃惊的，它竟有 16 米高，这是什么植物？我走过去用手捏着一些藤蔓，发现这是爬山虎，我看到墙面上爬山虎相互盘生在一起，紧紧贴着墙面。我仰望爬山虎的藤叶，它在一整面白色的墙上，形成了一面高大的绿墙。

　　这墙是动感的，微风里叶片摇曳，藤条枝叶正从低处往上形成一个倾斜的面，其实坡度还是挺小的，我还是被这样的状态吸引了，爬山虎的这种力气来自何方？春天到夏天也就几个月，看来它长得很快。我在这里多待了一会儿，我想一面墙本来没什么奇怪的，只是一个平面，而爬山虎在白墙上爬出了一片绿色，一面绿色的墙，就像一挂广阔的瀑布，我在这里似乎连呼吸都变得湿润了。我顺着近前的叶子往上看，看到叶与藤交织成绿绸，爬山虎在寂静中用身体书写自己的高度。大风里看爬山虎更为壮观，一整墙的爬山虎，叶片发出哗哗的声音，竟没有一枝爬山虎的藤被风掀起。爬山虎从不挑剔生长环境，所以它艰难地爬，爬出自己理想的高度，其实做每一件事都是一样，只要坚持，只要努力，都会走到自己的高度。

我想这个小区的人也会喜欢它，现在它长得这样茂盛，把一大片绿色挂满白楼的整个墙面，有时我感觉到这墙像一座长满绿草的山坡，只是这山坡更加平直、平整。

我喜欢这样的奇景，大地上平面的绿我看得多了不觉得稀奇，而看着眼前这几乎平直爬上去的绿，我就很激动。

爬山虎脚下，有几个孩子在玩耍，有2个孩子还小心地摘下一片爬山虎的叶片拿在手中细看，他们显然也很喜欢这些植物。

有个老人给我讲过，所有爬山虎都一直向上，笔直地向上生长，我也要学着像爬山虎一样，做事有明确的方向，一直不停地走下去……

# 让美丽慢慢变老

　　记得在一个秋季，马铃薯成熟的时候到了，马铃薯枝叶老去了、枯了、干了，在隆起的一行行凸起的长垄里，藏着饱满的马铃薯、藏着丰收、藏着岁月渐老在田间的脚步、汗水。

　　秋季是农忙的季节，家里种的马铃薯要收回了，父母忙着先去地里查看，随后我们兄弟跟着去。父亲用种田人智慧的眼看一看田地，再用手抓起几棵干了、焦了的马铃薯茎叶，而后用铁锹挖出一窝马铃薯。当铁锹翻起时，阳光下的几个马铃薯，光亮、匀称、肥大，父亲总要高兴地拿起一个大个的马铃薯，在手上掂量一下，再放回到地上。这时父亲的高兴才是真正自豪的高兴，比马铃薯开花时的高兴热烈得多。而我看到这没了生机的马铃薯，心里很不快活，我更喜欢马铃薯青青的绿叶，还有马铃薯开出的白色小花，那些花虽小，但在大面积的土地上开放时，也会有广阔的意义。我喜欢在那时去家里的马铃薯地里，在那里风轻轻拂过绿叶，小花摇曳出轻音乐，择几朵，小花聚在一起，白色花瓣、黄色花蕊就看得很清楚了。这种美丽的状态我喜欢，我喜欢花的味道，喜欢花将要落去时，顺手在马铃薯的根部用手抠出几个嫩小的马铃薯，用手一搓把皮搓掉，吃一口嫩小的马铃薯，特别香甜，有时吃得快了，连土吃进嘴里也是常事。

　　现在这荒落的一片，加上秋天的太阳火辣辣得照来，一到地头，我就像泄了气的皮球，没了精神。而父亲表情认真，看着这一片土地，好像能看到更多的东西，那东西就是这成熟的马铃薯，和这一片让他流了汗、日日牵挂的土地。现在的收成就能证明他对土地的付出有多少回报，而我在回报面前看不到什么，我感到的是要劳累，要甩开膀子大干，要把地里的马铃薯挖出来。

当砍土镘、铁锹在土地中行走，当衣服一件件脱去，当阳光与父亲古铜色的皮肤接触，父亲便有使不完的劲。我们跟着挖，也不示弱。当大片的马铃薯挖出来摆在土地上，就能感到这土地孕育的果实很奇妙，这土地中，看不见成长的过程，这慢慢变老的秧苗，却奇迹般地长出了果实，果实没有花就没有绿叶好看，可果实能延续生命，喂养生命。

在收过马铃薯的土地上，仍有一些老人喜欢在那里重新捡一遍马铃薯，也就是在别人挖过的土地上捡一遍果实。他们多数是家属，没有工作。记得有一位老大娘，就在我们刚挖过的土地上捡马铃薯。她头发花白，有些乱，瘦成一把骨头。我看到她吃力地用铁锹挖土地，偶尔挖出几个小马铃薯，她会小心地蹲下去，用手抚去上面的泥土，小心地放在筐里。如果挖到一个大的，她就会高兴地自言自语，也不知她在说些什么！我累了走到父亲身边，告诉父亲这里来了一个老太婆，好难看的。父亲没有看那个人，脸上表情一下严肃了起来，对我说：人总会老的，她以前是我们村里有名的美人，丈夫去世了，孩子去了远方，她一个人挺不容易的。等会儿你给她送一些马铃薯过去。我去了，她不要，她给了我一块糖，我觉得那糖纸好漂亮，还有她虽然很老，但她的身上有一股香油味。

我开始审视自己了，我看到的东西多数是外表，而内在的东西我还看不透，我知道自己小，思想没有深度，说话没有力量。没力量是因为知识少，是因为生活经历少。

从那一次后，我就用另一种眼光看现实，看美丽是怎样变化的。我看到美丽的姑娘变成媳妇、变成老人，这过程中她们有了后代，有了更多对生活的挑战，有对爱的付出，对生命的支持，对大地上盛开花朵的回忆，有粉红的脸庞，有明亮的眼睛，有过清纯的眼泪，有对父母的牵挂。对一个农人来讲，美丽在时光中变老，田地却日渐年青，她的美慢慢变老时，儿孙们渐渐美丽洒脱起来。

于是我理解了美丽会渐渐变老，我觉得美丽应该永恒，其实美丽总在瞬间，春天里石河子的榆叶梅是在一夜之间盛开的，它的花朵粉色一片，远看似烟似雾，近看千万朵花重叠着。当花最美丽时，飘落也参与其中了。微风一过，千百个花瓣随风而飘，似梦似幻，想要留住真难，只好用记忆浅浅地放在脑里，而后深深地藏在心里。那些杏树、梨树也争相将美丽展现，而美丽之后，就是大片的伤感，伤感的飘落，伤感的回忆，伤感的远方。母亲渐老，头发苍白，父亲满脸的沧桑，岁月在脸上纵横交错。

每当此时，我总会想到父亲告诉我的那些，美丽其实在慢慢变老。父亲老了，没有往日的干劲，没有了结实的肌肉，英俊早已不在，宽阔的肩膀变得瘦小。我怀念过去，怀念母亲美丽的容颜。现在我不觉得他们老了，不美了，而是觉得他们的美丽富有内涵，他们为祖国贡献了青春，为家庭养育了五个孩子，孩子们都长大成人了，孩子的孩子也都上学了，这么多的小苗开始重新成长了，这么多的小苗一定能开出很多美丽的花朵。

如今我在城市，习惯了春天看绿叶、花朵，秋天看果实，冬天看苍老的树干，看苍山、云海，看人生，看远方，看着美丽一分分走过，看着美丽渐渐变老……

# 土地的启示

　　每当我远行，车飞速地穿过一片片整齐的土地，穿过高速公路，在我从车窗往外望去的地方，大片的土地条状块状，从眼前划过，有棉花，有葡萄，有麦子，有油葵，那么大豆、苞谷呢？一样地挺立在那里……

　　我可以感受到土地给予人们的是什么，给予思想的是什么。是这丰富的粮食，给予温暖的棉花，给予生命的寄托，都在这土地之上。这土地上劳作的人呢？这土地现在为什么这么驯服？这土地之上的伟大在哪儿？我在长长的远行航线中了解到，城市的边上都是土地的开垦区。团场、连队都是土地的聚集地。我在城市里，有许多时候看到的是白面和馒头，看到蔬菜也是成筐送来的，看不到田地，看不到在土地上成长的蔬果，看不到玉米生长的过程，看不到西红柿怎样长红，花生长在土里还是树上。土地之上，农人们是如何整理土地、驯服土地的？土地之中拴着历史，土地最初是自然的，野草与戈壁代表土地的过去。土地经过人们最初的开垦，经过几代人的修整、改造，现有的土地之中，留下了几代人的汗水、足迹，包括理想和生命。土地之上最初劳作的人们，应该是军垦第一代人。他们的理想很简单，就是开荒种田，就是扎根边陲，那么这最初的土地驯服吗？所以要向历史足迹寻去。历史上所有的土地都不是驯服的，石河子最初是一片芦苇，一片戈壁、盐碱代表过去，开垦土地是军垦人最初的梦想，在活生生的故事里，不难看到用肩拉犁，人工用铁器挖地，那么人呢，累得倒了下去，最终与土地融为一体，在倒下的地方，更多的人站立起来。这纵横交错的土地，现在看不到过去的影子，而过去就在这里，这里驯服的土地是前人用身体、用血汗换来的，我更喜欢现在的土地，玉米高高的，叶绿得聚出剑光，棉花托出洁白的花绒，而大豆、黄豆、豌豆都是我们曾经渴望的食物，我用目光飞快地在大片的土地上寻去，每到一个地方都是这样，林带组成的方块，用来挡风，方块里是驯服的良田，良田里农人们在阳光下忙碌。忙碌的背后我知道，因为父亲是农民，农民是如何劳作的我清楚。我在麦地里浇水，先将水引向高处，而后开支流，一行行浇灌过去，浇水的时候最怕老鼠洞，水灌不满洞，你如若不小心走过去，就会陷进去，之后你满身泥水，在夜里你肯定会冻着，在夜里看不到土地，但土地不会因为黑夜而停止生长，在夜里劳动的人们你也看不到，只能看到一个一个灯光在地里走来晃去，那就是大地之上的星星，在夜里点着星光走去的样子，土地之上有美好的东西，有春天小草长出微笑的小脸，有阳光洒下的光感，让春天变得清秀。

　　大片的土地在视线中的时候，我就能感觉到人的伟大。人的伟大不能只在读书上，也不能只在电脑上、在飞机、在列车上。更多的时候我们要明白大地的意义，土地是我们依赖的生命线，土地之上我们行走，我们在阳光下让心平静，让身体健壮，土地才是我们的后盾。不管走到哪里，土地都会伸展宽广的胸怀，土地的胸怀从春天伸向秋天，秋天的果实，最能代表大地的恩赐，土地给予人类的是丰富的营养，香甜的食物、瓜果，蔬菜，从泥土中一批批走来。

　　我每次远行，车从公路上向前，土地都在眼前划过，一片片土地包围着城市，而城市的边上，真正意义上就称为绿洲了。绿洲是我经常走动的地方，绿洲的背后是更多兵团人贡献的精神，我常常在梦中看到父亲在田地里劳作，在丰收的麦田里仔细看成熟的麦子；看见棉农在棉田里看到棉花盛开，他自己笑成了孩子的模样。

土地从北疆排到南疆。南疆的大片土地是荒芜的，因为缺水，不少土地只好放弃。土地连不到一起时，就中断了，那种让绿隔开的地方，经常有沙漠出现，因此南疆的土地更为珍贵。在阿拉尔，我见到土地是在有水的地方繁荣的，塔里木河是母亲的河流，它的周围设有众多的团场连队。连队是田地上最基本的单位，连队成员每天就是面对土地，土地也会与他们走得近。他们知道土地何时浇水，知道庄稼如何去侍弄。庄稼在农人的手上旺盛地生长着，那些时时刻刻都在土地上行走的人，也更能体会土地与时间的意义，土地是农人的朋友，农人的情人，是他们的天，他们的地，土地来年长得好坏直接影响着他们的情绪。很多时候，土地之上都清楚地写着成长的气息，一年一年就这样地把回报给每一个农人。每一个农人都可以相信土地，土地从没有骗过他们，会在秋天结出果实。

我更喜欢在车上看土地，体会人类的伟大。在新疆车走一天能划过去多少土地，让你数也数不清。你可以辨别葵花、油菜、苞谷、棉花……你不知道有多少土地，也不知道土地之上农人们忙碌的细节。

土地让我不断思索，土地上的好看，土地上的深远，在心灵深处其实是厚重的。

我曾体会过农人的一天，在田地里，特别是中午太阳热得烫皮肤，汗水从头发里涌出，蜇着你的眼睛，你来不及擦拭，眼泪就会与汗水一起涌出，地里的活是不等人的，你只好硬挺到太阳落山。太阳落山时凉快了，可那又是蚊子出没的时候，蚊子叮你可是没商量的。而如今好多了，大马力机器进入田地了，土地在春天的机器声里很快就完成了大面积的耕种，现在更先进了，浇水上肥料都可以通过滴灌一次到位。农业前进了，土地驯服了，这前进的脚步走过来花了 50 年呀！50 年的屯垦戍边，50 年辉煌写在大地之上。每当我看到这大片的土地，我都会感动，因为我曾在连队，曾与土地息息相连。每当土地在我的视线里出现，我都会有种感激的情感，我看土地总是从思想的深处，看父辈们流汗的状态，看现代先进技术在田地里的作用，看土地越发旺盛。

土地的意义来自人的努力，大片土地的背后是一群兵团人，支持休养着美丽的绿洲。

# 阳光总在风雨后

在生命的里程里，我们总会遇到困难，我在心中常常念叨一句话："阳光总在风雨后。"于是对于生活的磨难和坎坷，我都会用积极的态度——挺过。

在一个暴雨狂泄的正午，我亲眼看到几只黑八哥，来不及躲藏，被大雨淋透了羽毛，飞不起来，落在地上，想到一片绿叶下躲雨也不行，淋透羽毛的八哥难看可怜，抖动着滴水的羽毛，加上满身的泥土，连命都快没了。一向快乐的八哥，飞翔的八哥，叫声也近乎于惨烈。

狂风大雨的无情，让八哥吃透了苦。当几只八哥终于躲到树下时，雨渐渐小了。随后阳光从乌云里钻了出来，雨后的阳光很纯净、明亮，雨后的阳光，在云层上渡了霞光。雨后的阳光让八哥不由自主地站在大地的平台上，抖落翅膀上的水珠，借着阳光的温暖，将快要冰冷的血液加热。保持生命就会有飞翔的机会，有了信心才会有生活的热情。

可惜的是，当我走到树下，发现有一只八哥冻死了。那只八哥挺不住了，没有等到阳光的到来，其实它只要再挺一会儿，就能找回生命。生命其实总在坚持。

现在的人都吵着活着累，工作难，其实真是这样。有些时候，朋友来电话长吁短叹，"我快撑不下去了"，我心里一紧，下意识地说要挺住，一切都会过去的，但说过后自己的心里也不是滋味。挺过去有时真的好难，有些工作是连续的，不能放松的，必须绷紧了神经去干，到了一定程度，再也容不得加一丝一线的压力时，人就挺不住了。但要生活，要工作，就要坚持，我经常给自己自加压力，提高工作效率，走得早些，跑得快些，如果工作中出了问题，也好停下来修改，给自己争回时间，给自己足够等到阳光的时间。

不要怕失败，不要怕风雨，走在风雨中的时候，正是我们磨炼意志的时候，在风雨中跑步的人，总是不怕风雨的，当阳光来到时，才会更加珍惜阳光的可贵。阳光是复苏生命的源泉，黑暗之后的光芒。

我们要珍惜生活，犹如享受分分秒秒的阳光。阳光下春天树枝吐绿，杏花、桃花正在快乐地盛开，被雨水冲落的花瓣粘在土地上，那一片斑驳的花片，织成了花的泪滴。花去了，果子会结出来的，美丽去了，生命还要延续，只要生命能够延续，最美的阳光和彩虹，总会出现。

对于生命我是这样看待的：只要活好每一天，只要你常常微笑，那么你的心中就会有一片阳光。这片阳光比你看见的阳光更重要，这一片阳光是你对自己的信任，对自己生命的滋润，不管遇到多大的风雨都能鼓励自己坚持下去，这种力量来自信念，来自生命对生命的呼唤、生命对生命的支持，其实一个人的世界真的很重要。一个人的世界，应该在内心，心有多大，理想就有多大。只要生命存在，我们都应该学会坚持，学会抗争。抗争使人坚强，使人能发挥出超常的力量。

有一天有人对你说：你真可以，这么难的事你都可以撑过去，你可以自豪，但你得学会坚持，生活中的磨难会一个接一个地走过来，切记风雨过后才会有彩虹。

# 远方有座阳光古城

　　我站在高处远望，那些在阳光里变得渡金的土墙，被阳光雕刻成了起伏不定的历史符号。我在阳光最热烈时，用大口的呼吸感受古城的气息，我从断裂的缝隙中寻找历史的皱纹，在墙面上许多圆形、椭圆形洞中，看到了眼与眼的对视。这座历史遗留下来的古城，它的名字叫"交河故城"。踏在高处听风，听遗留的古城中，人影的走动，听历史，听渐渐远去、渐渐热烈的阳光之风，用手抚住眼睛上方的阳光，让视线更远些、清晰些，落在这古城的角角落落，落在思想的深处，用意念拼接过去，与古人对话，用心灵碰撞过去……

　　交河故城是位于吐鲁番西约 10 公里的汉代城市。吐鲁番的阳光特别热烈，从乌鲁木齐坐车 2 个半小时，到达火洲吐鲁番，在金秋 10 月温度普遍降低的时候，吐鲁番的温度仍然比乌鲁木齐高。当车行驶到吐鲁番时，明显感觉到温暖舒适，在乌市穿的那身衣服显然不能适应这里的天气。在这里穿单衣服、短袖衫很正常。在这里，阳光显得格外热烈，阳光的热烈让人感到热情，从吐鲁番市中心走出去坐车，轻轻松松在阳光的护送下，来到交河故城。古城在阳光的欢笑中是沉静的，一走入交河故城，我就能从高大的土城墙上，感受到沧桑，感受到其被历史经过几千年雕饰的痕迹。历史不管多远，都会留下痕迹。古城的痕迹很明显，一条路带你步入古城，随着一条路分成多条路，你的视线从一个方向，转入更多方向。当四面八方都是路时，城墙就在你的眼前了。先前你看到的只是群落不多的古城墙，那墙会让你感到稀稀落落，当你走进城里，前后左右都是密实的城墙时，你的思想变得厚实了，这里曾经住着谁？这些人，在这里是怎样生活的，先前的人为何利用泥土做古城堡？古城为何在几千年后还能保持这样的状态，其实我喜欢这些没有结果的问题。人总是要思考的，古城的大门口有对土城的注解，但那些都是后来人的注解，古城其实有太多的秘密，太多的故事，与时光一同消失在时光里……

阳光下的古城是热烈的，阳光的灿烂是阳光提升的光感，在这里古城墙与阳光一接触就辉煌了起来。真的，我站在阳光下，感觉到口渴、干旱，感觉到皮肤与阳光产生对抗，大量的汗水，被阳光和古城吸收。古城是干旱的，土城墙在太阳的照射下发烫，记忆中的地热，可以用眼睛看到。那些地热，把地平线里的物体扭曲，把水波，清亮的水波筑成梦中的影子。我知道那水那波就是地热，地热在吐鲁番常有，因为阳光在火洲，达到了最高境界，那境界让你的思想里想着火洲，感受干旱，感受阳光的热度。抵达的每一个地方，每走一步，都将会让你感受到，阳光金色的质感，在这里是铜质的，有清脆的敲打声，有干裂的痕迹，有歌唱的声音，来自古城里的悠扬乐声，我走进高一些的古城里时，顿感一种恐慌。在那里，阳光被高起的城墙挡了起来，城墙内背光的地上显不出热烈，干旱之中，清静、凉爽到让我想得更多。因为静，我首先听到的是自己的心跳，我的心跳坚强有力，但我的眼前却分明存在高高低低的古城墙，我急着从每一个城墙的窗口望去，有时我也步入一些老城墙内，我也用手抚摸一些痕迹斑驳的土墙。我的手触到的是一些黄土。这些黄土比我想象的坚硬，比我想象的干净，它们是黄色的土，黄色的土在白色的阳光下，变得干净明亮。有时我就如在梦中一样，用眼浏览所有的土城墙，古城墙所反映出来的形状，让思想丰富起来。在众多的古城墙里，清楚地写着美感的山峦，美感的波涛，美感的痕迹。痕迹中透着墙与历史衔接的断面，岁月可以远去，而痕迹之中记载着一切。在古城墙下，把思想放开，你就可以与历史对话。在土城墙的光感中，在阳光的背面，有一面静思的墙，静下来的时候，好与古人相通。与古人的声音接触要靠心灵，要真诚地面对古城，其实古城中最初肯定是有人居住的，古城里的人一样要生活，要劳动、创造……这些古城墙的群体结构，足以显示，那些远离我们的人智慧与力量是巨大的。

我用心听过去，我的心中就可以凭借土墙再造起一片结实高大的古城。古城里早晨炊烟袅袅，香味从深深的古巷传来转去。好酒不怕巷子深，我想这里也会藏着好酒吧，那么英雄呢？在哪儿呢？美人呢？应该说吐鲁番是美女众多的地方，在火洲火一样的阳光会把美人晒黑吗？在更多时候，我能感觉到箫声，在深深的古巷里箫声悠悠的，像是从墙内传出来的，我也可以听到古琴声，那古琴声忽远忽近，我走琴声也走，当我凝视一面古城墙时，古城墙也像是在凝望我。我在城墙上看到的痕迹是一层一层的，每一层都有变化，有些土层深凹进去，形成一条线。这一条线也不平直，弯弯曲曲的。很多时候，看很多墙先看到高大挺拔，走近之后就看到婉转，看到弧线，看到圆。远看方正的东西，到眼前就圆滑好看了。这圆的弧，圆的墙，在视线中逐渐远去，更远的墙与墙融在一起，重叠在一起，显得古城房屋繁多，显示这个古城，并非孤独，而是曾经辉煌、繁华的都城。

交河故城里，我流着汗，看每一段老墙，看古巷转来转去的样子，我的脚步每每向前走动，心就想着我走过的地方哪位古人走过，是诗人的，我将与他的灵魂接触，是画家的，我愿意用我绘画的手描绘古城墙里的群像。如若是一个穿古裙的少女走过去，我想用现代照相机留下她灵动飘逸的神情，如若她抚面不露红唇，我将记录她传神或纯净无邪的眼神。这眼神像一面明镜，把我或者我的思想带走。

阳光中走在交河故城，吃苦的是阳光，享受的还是阳光。阳光中，许多人能站在古城正中的高台上远望，望一会儿，就让火热的阳光把汗水吸走，也把力气吸走。很多人走到一个高处看一会儿就回去了。其实古城内要体会的东西太多了，顺便走进古城的一个深巷，站在一家门口处，从这一家开始往前追溯，我相信会有一段很长的历史故事，而古城的群体这么广大，我便要让思想跟着阳光热烈起来，我有时在心中呼唤，无目的地呼喊，哎哎哎……或者大声喊，有人吗？有人吗？人其实都在城中，在城中的人，过去吃住玩，唱歌跳舞，舞几下剑，写几首诗，画几幅飘逸的画，让生活组成一段段美好的回忆。音乐应该是相通的，即使不会唱古词，但韵律的美应该不会让人厌烦的，所以我走入古城中，心中就想着音律，想着歌声，也想穿长袍的古人，绘画中一手执笔，一手要抓住另一只长袖，绘画时的专注与精细，手到之处，有飞鸟，有牛羊，当然也有花有葡萄。

在古城里有一口古井，想着这干旱的地方不会有水，而古城里的井中，直到现在仍然可以打出清凉的泉水。这水一样可以照出你晃动的五官，在水晃动时，有错觉让你感到水中的人，是古代人的脸，古人在水中印出脸也很正常，只要有水，就有人的脸印在水里，我庆幸我来到交河故城，交河故城的水，依然将我的脸清晰地印在水中。我喜欢这样的时候，古城的水中有我的影子，古城的墙上在历史中留下了我的人气、我的足迹和我抚摸老城的手，我的思想化比刚走入古城时更博大，先从热烈之中，从复杂的思想中，逐渐走进古城，走近每一座城墙，走进深深的巷子里，在那里沉思片刻，半梦半醒之间，我将自己如梦的身影，在古城里放纵。

有时，我也借用阳光，把自己火热的感觉融入古城墙，我发现自己单薄得厉害，阳光一热，我就出汗，就干渴得要命，而古城墙一丝不动，古城墙里的人也不知去向。古城墙留下太多的悬念，留下我一个人的身体，我觉得自己几十年的生命，在这里就像一个小点，这个小点每走一步，都跟着巨大的思想，从巨大的城墙内传来的无数个信息，像太阳雨一样一起聚来，而我生命的这一部分，顷刻间觉得太渺小、太孤单了。这样的时候我就会快几步，走出一段让太阳挡住的城墙。我要走到阳光下，在阳光下，我才感到有力量，感觉到阳光下的交河故城，苍茫些，深远些。那些古城墙，也变得轻些，变得从实到虚，最终虚到视线的尽头，那远处的古城墙就真的与阳光融在了一起，于是我特别奇怪，这里的阳光是我难以见到的阳光，这里的阳光更喜欢土质的大地，喜欢把金色的光影与古城融成阳光城市。

阳光城市，是我用感觉体会到的。在阳光中，我自己也热烈了起来。在交河故城，我喜欢阳光，喜欢阳光把这个古城的灿烂碰撞出光感，融成一个民族的尊严，展现出古城的繁荣。我不喜欢战争的破坏，不喜欢古城曾遭到攻击的说法，我希望古城安乐祥和，希望我在古城中，拥有的都是美好纯净的思想，忆起过去，接起我从现在走近过去，走进古城。在古城里，结识我的新朋友，我们一起豪饮美酒，一起作画、写诗，一起在古城里行走、欢笑……

# 远去的李子树

就这么几棵李子树，在我心中枝繁叶茂，那酸甜的果子让我难忘。其实又是一种情结。在山村里，一个家庭，一个长年都以单一方式生活的农民家庭，在菜瓜、鸡鸭的伴随下，生活的滋味平淡而充实，多像一片片绿叶，渐渐长大，绿成了一片，让生活热烈起来。

我的李树园是和父亲分不开的。最初的那个春天，山村的试验田里要试种一批李子树，父亲在收工时带回八棵又小又矮的李子树。那树是村里种过后淘汰的苗，记得其中一棵在往自家地里栽种时，父亲将树上的两个分叉分开，将根也分割开，就多了一棵小苗。

这一年，达因苏的风似乎也温柔了许多。李子树苗长出叶片的那天，我兴奋地大呼小叫！只有父亲满脸的微笑，他仔细看过每一棵小苗后，自言自语道："没有生虫，看来新疆的达因苏也能生长李子果树。"

小小的树苗看起来不起眼，细小的枝上长出了挺拔的嫩叶，每一片嫩叶都是我期盼的希望。父亲常说："明年这树会开花的。"我常常凝神蹲在小树苗前，仔细寻找花开的样子。父亲拍拍我的小脑袋，说："可以看，千万不可以用手摸它们，人的手上有毒。"

几周之后，小树苗枝叶葱葱一片，阳光下这树叶的嫩绿透着阳光，显出了葱绿的亮丽。每天我都会去自家菜园里看小树苗。

李子树成长的过程，也是我渐渐熟悉它的过程。原本我很少在菜园里散步，有了对李子树的牵挂，我时常出现在菜园里。我对菜园里的辣椒、西红柿、茄子、玉米等，也都有了细致的观察。这些观察是伴随着时光一点点，在这些慢慢成长的李子树和瓜菜中进行的。其实我常常有惊喜的发现，夏天阳光灿烂的日子，特别是在清晨，当公鸡扯着嗓子打鸣后，我微眯着眼，晃晃悠悠来到李子树前，我就能发现李子树的叶片又长大了许多。西红柿开出了淡黄色的小花，辣子结出了小小的青灯笼。

几个月后，树身长高了许多，在一段时间里我很悠闲。当我去看那几棵小树时，心里没有那么急了，因为一年的时光还很长。

当我随意地看着小苗，在我的视线里，惊现出了几朵白色的小花。我很吃惊，想着不是明年才开花吗？我顾不了许多，双腿不由得跪在小树苗前，再看看别处的树苗，都没有开花，只有这一棵枝干曾折断的树苗，在离树根很近的地方，开出了几朵白色的花朵。这花着实让我兴奋了半天，我揉揉眼睛再看，还是那几朵精巧的、白色的小花。

等花落了，心也平静了，但秋天后还是没有等到结果。父亲称这样的花叫头花，一般头一年开花的李子树不结果，即使结果也只能结出少数的几个。

李子树的成长，使我渐渐懂得一棵果树成长的历程。李子树开始结果子是第二年的事，花在春雪融化后开满了枝头。我清楚地记得，那花开时树芽还没长开，树枝上满是粉白的花朵，花香阵阵飘来。花开数日，微风徐徐吹过，花瓣轻轻飘落，像是雪花，落地后便是干枯的花瓣了。

我总觉得这辉煌过后会有大片的寂寞，要持续的时间很长。花去了，蝴蝶、蜜蜂也都去了，然而寂寞之后，树枝叶间点点青色的小果子，会点亮眼睛。

我每次看时都会屏住呼吸，怕离果子太近了，会吹落了小果子。那小果子最初就像火柴头般大小，其实挺多，但几天后，那种繁盛会让我失望，因为枝头上的小果子，还是有一部分自己落了，剩下的越发精贵了。

李子树长高分枝后，雨季到来，我连着多日不去李树前。一天天晴，我清楚地看到，挂着露水的李子果，长大了不少，满树都是。结得太多，细小的枝条都被压弯了。我终于忍不住要去尝果子，悄悄揪了一个青果，藏于衣袖中，出园子就急急放入口中，结果又酸又涩，让我放下心来等待成熟。

七月以后，李子果渐渐由青变黄、变红，离太阳近的红的多，背光处是黄里透青，用手捏软的是熟透的，但不一定甜。甜的往往在枝头，离阳光近。

李子的丰收应该是从第三年开始，由于树枝的长粗长高，树枝分得又多又密。果子多时，常将枝条压断。父亲和我只好将断了或压裂的枝条剪断，减少它们的负重。

我时常觉得，李子树有功。它们很累，顶着数十斤的果子站在那里。它们的状态让我过多地牵挂，我上学、我放牛，我走出去十几公里路，去爬山，都能在脑海中刻画任何一株李子树。

我甚至固执地认为：我不能离开这些李子树，它们的果实太诱人了，酸甜之中那水分恰到好处。更重要的是，我能从自己种的果树上摘下果子就吃。看着丰收的果子，一个个熟透了，那种滋味是多幸福呀！果子熟透了，你如果不去摘它们，它们也会一个个落在地上。

吃李子也要技巧的，吃的能力不强，可不能勉强。有句老话说：李子树下埋死人，我从不相信，因为我一次吃过五十多个李子，却没有因为吃的多被李子伤了胃。父亲一边劝我们少吃，但他总没忘多吃。后来，也偶尔听父亲说："这果子是否变种了，到了新疆就不伤人胃口了，可这结出的果子，分明就是李子嘛？"

我深信它们是为我活的，多年后，我吃惯了这些李子，就再没兴趣吃家乡的苹果或海棠果了。

李子树长到 8 年后，我考上大学要走了。当拿到成绩单时，我忍不住跑到李子树前，看着如今高大茂盛的李子树，其实它们其中的每一棵，结的果子都能有五十公斤以上，它们是我的宝贝，我怕我离开它们，怕它们在今后的成长中，少了我的陪伴会孤单。谁会对它们说话呢？只有我，我常常在它们之间自言自语。我也觉得我馋，我馋它们的香甜，馋它们将花开满春天的额头。在一个小山村里，让过来过去的人羡慕。

这将变成果子的美丽花朵，像一片粉色的纱巾，送给我多情的眼眸，有一段时间，我怕花落，怕果子结得太多。花落了太凄凉。果子结的太多了，会伤及到树身！现在，我怕离开这些李子树。

我离开了，在我上大学时，牵挂变成了梦，变成了信件上的语言。我还清楚地记得，我说："李子树都好吗？那棵病的树现在好了吗？哪一棵长高了？"其实，我知道它们的成长，因为我跟它们那么多年的交情了，我用心，它们用造型、用活生生的生命，对我叙述着它们的成长。在我远离它们时，我的心中就长满了那些李子树。

如今我大学毕业，留在了城市，每次上街，只要一看到李子，我便要分辨它们是否和我的李子果相似。如果相似，不管多贵，我都要买一些尝尝，但大多时候都让我失望。我总觉得这些与我家的李子，味道相差太远。于是，我会不断地想念我那远去的李子园，我的李子园就长在我的心中，不管时光如何流逝，我都会清楚地记得，我与李子树在一起的快乐时光。

现在又是六月了，李子树的果实早已挂满了我思想的枝头，我深信，我的李子树在它生命的成长中，不光给予了我美好的记忆，应该还有父亲、母亲、哥哥、弟弟，还有父亲的朋友，我的朋友，都因为品尝了我家的李子而赞不绝口。

　　我的心中常常记起那一片粉色的绸，那一片美丽的果实，把达因苏的早晨，把那一片土地点缀，一片实实在在的土地，一户勤勤恳恳的农民家庭。李子树、菜瓜园、小鸡、小鸭，从现实中来，又到梦中去……

# 这秋 这景

　　其实对于秋色我是熟悉的，有感觉、有激动，为着秋叶红成火焰的状态心跳，而秋叶如风，飘飘而舞，终将落尽，从眼睛里看到的，红叶转成焦黄，最终散乱成曲，化灰为泥。

　　秋天又来到了，人的生命连在劳动之中，树的生命、草的生命当然连在季节里。春来发芽吐绿，秋来结成果实。我的生命在忙乱中度过，先前独居一个人自由，后来成家两个人也算有空间。当孩子出生，父母年纪大，随之而来的，工作、学习、前途、压力危机四伏！累了，在时光中觉着脑子不够用了，身体恨不能分成2个，一个挡工作学习的压力，另一个自己放开美好的思想去享受生命。而思想的东西，不会与自然冲突，心有多大思想就有多远。这样在忙忙碌碌中，时间在不知觉中过去，就像树叶茂盛，浓密，最终黄了落下了。时光去了，而我在一个下午，骑着我的紫红色电动车去市里办事，经过北一路，经过北四路，我发现树叶黄了，黄得显眼。有几处路边不知是谁家种的爬山虎，那叶片红如火焰，那火焰，并非烟中来，雾中走，而是一种清澈的火，不焦不躁，红得新鲜。

　　我来了，生命存在思考就不会终止。这一路，我看到大叶的杨树，叶片黄绿掺杂。阳光里，黄的更黄，而绿的呢？显得很嫩，那绿在阳光的抚摸下，含水丰富。我停在树下，我想拥有树高处的那一片黄叶。我只要一片，我想夹在书页中，留住这让阳光碰出辉煌的叶。有风轻轻拂来，树梢的叶片便有一些飘落了，我知道这意味着什么。叶落的时候，也是最美的时候。先是落，再是飘，飘的时候缓慢轻飘，有些叶飘得很远，并不是所有的树叶都落叶归根。我想伸手接一片黄叶，可不想看似缓慢飘落的树叶，我却接不到。它从我的手中一滑而过，那么轻，那么快，落在地上。落在地上的树叶就不好看了，树叶少的时候，地上如星星点点，冷落苍凉，叶落多时，在阳光下，我知道阳光大道用在这里一点都不夸张，一地的黄叶、红叶，一路铺过去，走在上面，就可以感觉到黄金甬道，阳光铺就的道路和着红叶的香味。

　　我轻轻地走过去，我不带走一片树叶，不带走一丝金黄，不带走一丁点泥土和这与阳光碰出的金色，而我让这辉煌的现实陶醉，我走过去时，我的思想中最先出现的是爷爷奶奶、父母和兄弟姐妹。我的微笑是发自内心的，我知道我的感觉没变，我的生活还是需要阳光的，这辉煌的日子，我见得少，但我珍惜我的感觉。我习惯望天，习惯发呆，看着一路的黄叶，看着树叶，在阳光下透着光，其实光增强了叶的辉煌，光也暖暖地流在我的血液里。我知道，我先是感受，再是感觉，用思想理解这秋这景，我知道我带不走任何东西，也留不住这秋。这大片的辉煌，在动态中飘或者落，路人匆匆，车辆急驶，我留不住，包括生命……当我走向另一条街道，这时迎来的是榆树。石河子的榆树很有年头了，最早的榆树都有 50 年以上，我看到的首先是它们高大的树冠，而后是扭曲的树干。都说树大招风，而石河子的榆树不怕风，即使有风也不怕。榆树坚强，韧性好，尤其石河子的榆树往往成片成行成群，它们是和谐的，又是团结的。秋色里，你看树叶小而金黄，它挂得高，小巧而好看，聚在一起多而不乱；远看成面，稍近，一簇簇好看且有层次，阳光不好透过浓密的树叶，不要紧，树叶黄了，叶与叶就聚成亮光了，不信你看浓叶里，金黄还是那么显眼。所以在深秋，我喜欢望天，喜欢看地，喜欢停下来用心读一读这一刻的景致，这一刻让我想起很多，这一刻我的心路，我的呼吸，都融入了秋韵，我还是带不走什么，但我可以感受到，这美丽的秋色，这老一辈人用心血栽种的榆树，这50多年的石河子，在50多个秋色中慢慢走过。今天我在这树下观望秋色，除了这秋色的辉煌，我还看到了血脉，看到老树坚强的样子，冲锋的，站立的，握枪的，也有呐喊的……其实军垦战士的精神早已融入这方水土，我感受到的不仅仅是这些，我感受到的还有生命的珍贵。50多年了，树都老了，那么人呢，老军垦战士已不多了，他们建设开发了这片土地，而后无声无息地又融入了这个土地，这才是大爱。这个土地曾经苦着这些人，这些人用血汗浇灌着这些土地，这种爱是时光游走的太阳，只要有明天，阳光就存在，只要有生命，就可以感受到这些。叶落了，我看到纷纷扬扬飘动的叶，看到秋风如歌。秋叶飘出的每一个音符，都是轻松的，而我的心不轻松，我知道思想是什么，我不想控制思想，我想要思想广阔，思想凝出火花，思想里的秋色更富于哲理，更厚重，更辉煌。

我不想欺骗自己，在思想里，我想当一个孩子，用本真的眼睛观察，感受到了就说出来，秋色的街道其实很丰富，瓜果飘香的车辆摆在街上，秋色里的人们更富有诗意，这不前面一对恋人各自捡了一片红叶，拿在手中，放在心口。这红似火，这红得健康，心的跳动联接在生命上。秋的生命如火呀，秋风风火火地走来，又走去，我们在秋色中散一次步吧，在秋色中读一读生活，想一想家人朋友。

我知道心的样子，知道爱与红叶有关，深爱的人心中一定有一片美丽的红叶，有些红叶就夹在自己喜欢的书中。我有一个习惯，每年都会从树叶里挑一片红叶，夹在书中，来年翻开，叶依然红如火烧，那心一样的叶静静地躺在书中，而自己的心总在看到红叶时猛烈地跳动几下，爱就在这里，它深深地藏在心底，有时凝视这一片红叶，能凝出爱人的脸，爱人的微笑，而后是幸福的泪水轻轻滑落。

　　看着这秋浓浓如火，这火不热不急不躁。我常说秋来时，适合思考，不信你去草地上，你看不到青绿，看到的是枯草，是大片的褐色黄色，没有长草的地方就是本真的土地，你的思想一定不会停止，你会感到荒凉，思考生命的背后是什么，你会想到土地上不长草的地方，一定缺少什么，缺少的是水、是植物，是人气。

　　秋色中还是去公园吧，一地的黄叶，有孩子的笑声，老人和蔼的微笑，年轻人索性躺在草地上，四周的落叶，装点着周围，辉煌的大地，就像金色的毛毯。整个下午，很多人都在享受秋色里的阳光，我抱着孩子也眯着眼躺在草地上不想醒来，一直到阳光落去，叶停止飘落，就想把自己留在秋日里，可我绝不带走一丝阳光，一片树叶……

# 消失的事物

　　我在写下这个题目之前是很伤感的，真的！我们生活的这个世界好大，但有一天你真的可以从细节中突然发现，你关注的某个物品、某个植物或者动物在某一个时段消失，那时你从心中感觉到的是伤感，伤感之后就是一段段的回忆了。

　　有些东西消失会重生。那些东西，我们可以在等待中回忆它们的样子。比如秋叶，只要你看到的那一棵树不死，秋叶落后，来年在秋风中你还会迎到这棵树的秋叶。我们可以在等待中找回激情和快乐，有些东西消失后，再也寻不回，等不到的。家中养了一只小白兔，真的好可爱，长长的耳朵，洁白的皮毛，最可爱的是兔子有一双红色的眼睛。那小白兔，是从巴掌大小买回来的，4个月后就长成了大白兔了。它的可爱引起了家中所有人的注意，它的走动，蹦跳或者吃食物，就连休息的样子，我和孩子也都愿意看个仔细。然而在寒冬的一天，因为三九天到了，家里的阳台没有暖气包，寒冷在一夜间夺去了小白兔的生命。当我们找不到小白兔时，才意识到。担心随之而来，我在阳台的角落找到死去的小白兔，心里一阵难受，这可爱的事物，就这样突然停止了生命。孩子还小，她不相信小白兔死了，用手揪着小白兔的耳朵，大叫："别装睡，快醒来。"但那白兔一动不动，孩子哭叫着问我要小白兔……可是这一切都让我没有一点办法，我无法让自己亲手养的可爱的小动物活过来。它"走"了，之后就永远地消失了。有时在我的记忆里印出小白兔可爱的样子，我先是笑，后是隐隐地伤感，这美好的事物，就这样消失了。

好多事物都在我们的生活中，逐渐来到我们身边，当我们在平淡的生活中注意到它们，并且接受它们时，它们就逐渐离我们远去了。有些事物真的好可爱，也好动人的，但在情感抵达时，它们就突然消失了，那时，我们才觉得这么美好的事物，有时真的好脆弱。那些去了就不再回来的生命好多，它彻彻底底地进入心中，就不见了。那么有情感的人，就会伤感，我也不例外，人之所以被称为高等动物，就是因为人有情感，能细致敏感地感受到生命，感受到幸福、苦难。而我在平淡的生活中，也经常被这些逝去的事物惊醒，我有时会突然放开思想，用眼睛在现实中搜寻，我一下明白了，在我的周围消失的事物好多好多。以前我住过的小土屋，我在里面做作业，唱儿歌，听父母讲他们从前的故事……可现在那些土屋早就倒了，消失了，爷爷、奶奶是我们多么亲近的人呀，然而当他们老去，掉了牙，然后又被病痛无情地夺去了生命，我只好痛苦，之后，我再也不能看到他们。几十年呀，就这样成长了一个人，而后又消失了一个人，我放大眼光，也发现一些树被砍掉。那一片秋叶，我无法再等回它们时，我也会变得伤感。有时，我的朋友一下不在这个城市了，我打过电话，去他家找他都没找到，心一下就空了，急了，他去哪儿了。当时光一分一秒地逝去，我没有接到他的电话，也不知他的去向，心中便常常牵挂起这个人。

我们在消失中成长，当我翻出儿时胖乎乎的我的照片时，我有些不相信那就是我，现在的我怎么也回不到过去了。我是从山村里走出来的，我小时候养过几条狗，从小养到大。有2条狗特别有灵气，其中有一只狗叫赛虎，它得了病，可它不愿死在家门口，晚上它凭着最后一口气，慢慢走到离家100多米的地方，倒在草地上。当我找到它，它已"去"了。我常常在平静时，忆起那些美好的事物，那些事物曾经陪我走过分分秒秒，陪我在思想中走动。我拥有了它们，之后又失去了它们。我最初用的一个手机，虽然功能很少，但陪了我好多年，有好多美好的电话、应急的事都靠它连接，然而有一天它掉进了水里，之后它就被淘汰了。还有我养的花有些也在不知不觉中死去了，虽然还有好多花活着，但我知道最终它们会消失。人从生下来就慢慢走向消失，动物的消失就更快了，所以我特别伤感每一个失去的事物，我伤感家乡的小路不见了，家乡儿时的伙伴也不见了，现在见到的都是 30 多岁的我们了。20 多年了，家门口的小河也不见了，河床里没了水，那些美好的景色，再也无法寻回，只好痴痴地在心中回忆过去。

真的，我们要学会珍惜事物，珍爱事物。

我们在生活中面临的事物很多，当然也会听到某个生物学家告诉我们，地球上的物种，除了在延续变异之外，还有许多物种在逐渐灭绝，像华南虎，像熊猫，已成为珍稀动物了。有些事物是逐渐进入我们生活中，又逐渐消失的。生活总是这样周而复始的，有些事物可以伴随我们走过几十年，甚至更长的时间，有些事物在很短的时间里就消失了，我们要珍惜现在，怀念过去。

第二辑
# 苍茫人生

# 带自己远行

    很多人，很多时候，就在一个地方生活，也不知过去多少年，白天晚上，周而复始就在一个地方工作生活，只有夜来临时，打开电视，才能见到画面中的外区，另一个城市或者农村的面貌。这样的时候真的很多，有些时候还有一些人做过很多想去远行的计划，最终没有去成。还有些时候，有些人拿着地图，用意念指着自己想去的位置，那些位置都在地图上，在心里。当我在一个地方待得久了，我觉得熟悉得连闭目都可以轻易走过几条路，那地方的建筑道路特点，那儿的人群和那儿的人我都可以认出来，熟悉让我变得迟钝，变得平和，变得懒洋洋的，在一个地方待久了，也就渐渐习惯了、麻木了。

    很多年过去了，我在"达因苏"——个小山村，从小学到初中，都在一个山村里生活，从不知道外面的世界有多大，也不知道城市是什么样子，只是见到邻里家从城里寄来的照片。那照片上有高高的楼房。那楼房对我来说是神秘的，它为什么能建那么高，为什么里面能住人，都让我觉得稀奇，当我第一次走出家门，也不过是到了100多公里外的小县城，当我第一次见到楼房，见到街道上摆摊的小贩，见到车来人往，城市夜晚的灯火是那样灿烂，我在高楼前慢慢走动，仿佛走入另一个世界，我的吃惊与新奇占据了整个心房。到了夜里3点以后，我还不能入睡，我兴奋地听着每一辆车走过的声音……

　　第一次带自己远行，知道了城市与农村的距离，知道了城市的面貌，我第一次体会，想家的感觉，知道望不到家乡的山峰、房屋的感觉。走在城市里宽广的街道上，平整的水泥地那么干净，我觉得城市与农村区别太多，高楼宽街，干净的市场，与夜里丰富的灯光，也觉得城市的夜是五彩的，是飞跃的。

　　当我上大学，在城市里，潜意识里，我喜欢城市的节奏，喜欢城市的文化与干净的街道。当我在城市里上学，我又去了远山，去了美丽的塞里木湖。在伊犁、库尔顿自然保护区，我看到了大自然美丽的容颜：山峰之上洁白的雪，仿佛就在眼前；山的半腰处绿草茵茵，再往山下有成片的松树；松树周围有山花、有绿草，那绿清新得让你仿佛置身入绿海之中。山上有雪，山峰处云在那里飘动，轻轻的，就像软绸。在库尔顿我每天都用清新的空气净化心灵，我在半山腰处喊我爱你，远处会传来更悠远的声音"我爱你"……在松枝上看见两只皮毛蓬松的松鼠，眼睛停留在那儿好久，看着松鼠一蹦一跳，看着它的每一个灵巧的动作，想要把自己变成了一只活泼的松鼠。在哈萨克人居住的毡包前，山泉聚成的小河里，水明亮得像是碧玉。那山泉在我手指上滑落下去，水滴跳入河水中，把河里的小鱼吓得钻进石头缝里。那水透着灵动的光感，我用手中的画笔，用绿色、用翠绿色、用蓝、用深蓝、用五彩的石头对比，用光感下深深浅浅的色彩构思山野、碧水的模样。从"达因苏"到伊犁，从伊犁河滚滚的浪涛里，感触到伊犁河的宽广、深远，站在伊犁河大桥上远望苍山层层叠叠，望着脚下的水向远方滚滚而去，望着晚霞沉重的霞红，斑斑点点在伊犁河里跳动。伊犁大桥是我见到的第一座大桥，在我心中那桥雄伟宽大，车辆与人都可以平稳地走过去，而我的思想在那里停留的时间好长好长，到如今我还能将自己新奇的感觉与伊犁大桥紧紧相联。

　　要说人生如画，那么远行还会带来更多的美好画面。我在大学时学的是美术，所以我常常带着画夹，带着自己去寻找美丽的自然的风景。在美丽的草原上，牧人们在悠闲地放牧。我们画出的每一张风景画，当地的少数民族同胞都会觉得好美，有些人还会伸出大拇指赞扬我的绘画。我们在自然保护区也为当地朋友画像，用铅笔飞快地画，画得像的时候，他们会围过来，索要这幅画像，当然我们很乐意送给他们。

在远方我也用疲惫的身躯，在月光下用口琴轻轻吹着"妈妈的吻"、吹着"美丽的草原"，那优美的旋律。当阳光还未照射过来，山村晨曦的面貌已渐渐呈现，那从毡房升起的白色炊烟，又款款地落在山松之间。那绿地显得更绿，绿得纯净，草叶尖上总挂着欲落欲滴的水珠，我用心感受着远行的每一个细节，感受大自然的美好博大，用自己的感情在美丽的山水之间穿行。

大学毕业后，我当了一名老师，好一段时间我就在一个地方工作学习，以前去过的地方渐渐成了回忆。当我谋划好了去石河子南山写生时，我就在假期，坐车先去了南山的一个小车站，而剩下的路线一无所知。我找到一个哈萨克族司机要他送我去深山，他同意了。当车在山道上行驶，我先是觉得很害怕，之后渐渐忘了一切。因为山野、绿树、行云、流水喂着我贪婪的感观，我先是沉静，而后新奇、高兴，我发现我喜欢山野。我从这个很旧的老式小车上望着每一座山，车经过的每一条河流，我也望到一两只大鹰在山腰处盘旋。它们的飞翔速度很缓慢，那是鹰的本事，它们在滑翔。车到了南山深处，司机要带我去的地方车不能上去了。我们下车，走了好一段路，来到一户牧羊人家。那司机让我待在这里，他径自下山去了。当他走后背影消失，我的心中很快划过一抹孤单，但这种感觉很快过去了。我"巡视"着周围的高山、树木，还有山腰处的牛羊，它们形成了一幅幅美丽的油画。我将在这里用心感受美好，将用灵巧的画笔把这美好的景色画在画纸里。这些都是我喜欢的，牧羊人家门口有一条山溪聚起的河流，河水清澈见底，只见水从高往低处跳跃的地方飞出一片

"白色珍珠",那水在山谷中回响,声音传得很远很远,就像思想联起来向远处扩散、扩散的感觉。那次远行,我独自一个人在山野间待了15天,我把大量的时间都与山、与自然融在了一起。当我要回来时,突然发现自己头发、胡子都长长了许多,在山泉中我似乎看到另外一个自己,老成、沉默而内心丰富。要回去时自然特别想家,想念妻子,想念母亲,也会想念朋友。我知道这15天对我的重要。15天里我跑遍了周围的山地,在那里画出了近40幅绘画作品,在山野里,我寻找着美丽与自然的博大,寻找到无声的音乐,晚霞中,牛羊的影子,融在霞光中,草原深远博大,牛羊的剪影,让晚霞定格在思想深处……

后来我经常带自己远行,去南疆喀什,看香妃、看巴扎、看清真寺,看高城古居、看人海。去巴楚看望地震灾区的少数民族兄弟,在巴楚琼库卡克乡,享受小白杏、桑椹的美味。在阿克苏,在库车,在和静,在阿图什,在吐鲁番……在南疆每一个城市连着村庄的地方,放逐我的思想,感受民族与民族之间交织的文化气息。

在阿拉尔,我找到了平静阔广的思想。阿拉尔建市不久,人自然很少,但这个城市明亮干净,不拥挤。在阿拉尔有一座知名度很高的学校,"塔里木大学",我在那里寻到了一片梨园,梨园里的梨挂满枝头。

我一直想往圣洁神秘的西藏。2005年10月,我独自一人去了西藏,虽然一路辛苦——翻越唐古拉山时,司机让我们准备好氧气袋,我可以感觉到缺氧的难受。我在山路上,任思想中呈现自己在体育场上的拼搏之影,于是我没有那么难受了。当夜过去,天刚亮,车就到了那曲,车还未到拉萨,我就从车窗里看到一些磕等身头的藏民。车到拉萨市,这个城市挺现代的,很漂亮,一部分现代建筑在城市里展现。说实话,我不喜欢现代的这些新建筑,我的目光总在寻找布达拉宫,寻找大昭寺、小昭寺,寻找八阔街。在色拉寺,我找到了着传统衣饰的藏民,我激动地用照相机拍下了他们的状态，也用心感受到这个民族的文化。之后我去了当雄，去了那木错圣湖，去了日喀则，当然布达拉宫我反反复复去了9次，在早晨、在夜晚、在正午、在雨中……我每次去都会有新的体会。

有时我也能想起古人说的一句话："走千里路，胜读十年书。"是的，我走过许多地方，我发现自己心中的东西很多，这些东西和书本上的不一样，往往是真实灵动的，是目光、语言、声音、心灵滋养……同时抵达的一种境界，是你从书本中，从地图上无法体会到的。

带自己远行，是一条能让自己在不知不觉中学习体会知识的有效途径。很多时候，真的要用心谋划一次让自己远行的机会，当心灵与眼界打开后，你会发现，你只是一个小小的世界，真正博大的世界在远方，更远方的地方……

# 秦俑　秦俑

　　从古城西安出发，沿临潼高速公路行驶，一路上，我思绪万千，一直想往看到秦始皇兵马俑，现在就要见到了，我突然觉着那兵马俑威武勇猛，那马嘶叫着，那兵用长戈搏击，那兵器击打之声，那车、那马，那兵与兵对杀之中的混乱之声，那血，那雨，那雷电，那战胜之后的鼓乐之声，那威武的神兵，立似雕塑，行似城墙，能战能守……我从车窗向外望，周围景色秀丽，兵马俑博物馆被浓密茂盛的树木环绕。

　　2000年了，古城西安，来到这里之前我了解了一些资料，兵马俑为秦人所制，先分段用泥胎做好，再拼接而成。

　　那么秦俑是什么样子呢？我在电视上见过，那些都是经过艺术加工的造型，可我喜欢真实，而此行，我的视线注定要与兵马俑对视。我要与2000年前的神兵勇士对视，还是秦文化的神兵之威武对视？2000年呀，有多少事物都已蚀化剥落，消失贻尽了，高大的骊山还在，秦始皇墓地还在，大地依然如故，古人已去，留下的古楼、建筑沧沧桑桑，已面目皆非了，就连石头千年之后都有可能变成玉、变成沙石，何况人呢，早已凝成土，化成灰。我参观兵马俑的热情很高，那可是秦人的再现，那可是2000年前的兵士，为了2000年的历史，我可以沉醉其中，可以化成一个秦俑，可以呐喊，可以拼杀，是男儿都喜欢拼杀，为了自己的祖国呐喊拼杀，秦俑、秦俑你在哪里？

我来到了秦俑一号坑，见到的先是拥挤的人群。大厅里，四周围着栏杆，那栏杆是金属的，所有来的人只能在栏杆处张望。我好不容易挤到栏杆之处，在活生生的现代人里，我听到了说话声，看到各样的人，操着各种乡音，在兵马俑前走动。那么秦俑呢，在地下五六米处，兵马俑从土层中呈现。那兵马俑一身历史的色彩，那色彩接近土地的色彩，越是接近越博大起来，在秦俑的坑道里，你几乎看不全兵马俑，你从高处往下看，那昏暗的灯光下，是伏览的视角，看不清楚兵马俑的眼睛，看到的只是大概，隔着十几米的距离，最近的也要 5 米多，那些细节你怎么也看不清，想用手触摸一下历史绝不可能。我在激动时，几乎想翻入栏杆，越到俑坑里去，抚摩那俑，那马。他们是不动的，可我在心中却时时感觉到，那兵在走，那马正气宇轩昂地踏步向前。那射箭的俑，正将经过特殊处理的金属之箭射向敌人。现在除了来参观的人走动和说话的声音，我想听听秦兵的声音，战旗飘飘的声音，指挥将军刀光剑影的砍杀之声。秦兵勇猛，有历史的记载。兵马俑三人并排，一行行很整齐，在兵俑的后面跟有马俑拉着战车，这些兵俑装束整齐，身上盔甲纹理清楚，秦俑的武士跟真人大小一样。秦俑之中我最喜欢兵俑，兵俑往往体格强健，留有小胡须，眼光执着，有专门指挥的将军，他们眉宇之间除了智慧，还有威力。

那些兵马俑在灰色的灯光下，远处的兵俑从暗色的土坑中若隐若现，因为兵马俑大厅里，不允许强光照射。因为昏暗，那些兵俑像是在动，在晃动，那些兵俑从历史中走来，我想起一句话，兵马俑大厅的墙上有"梦回秦朝"几个大字。当我在一号秦俑坑里转了一圈后，我就发现，一号坑里的兵马俑几乎都是完整地立着的，我很奇怪，2000 多年了，他们为何这样"完整"？当我从身边的碑文中看到一号坑多为修复过的兵马俑，我才知道，这历史也正将兵马俑一点点消融。幸好秦人聪明，将烧好的陶俑埋在地下，才留下了如今的兵马俑。我久久地沉思，当我在大厅中待的时间长了，我发现自己已适应幽暗的灯光，慢慢得可以看清一些近前的兵马俑。我发现那些兵俑脸方圆的多些，兵俑大多强健，身体微胖，我总是觉着这兵俑具有生命，或者他们的使命就是这样挺立。2000 多年了，这样的挺立，也是奇迹了。我忽然发现那兵俑身上散发出的是凉土之气，是某个战场上黄昏的微风，透着汗水、血气，我有些害怕，仿佛见到大旗飘飘，听到战鼓隆隆。

史书中曾记载过兵马俑最初是有色彩的，而如今这兵马俑素色一片，几乎与大地的颜色一致了。可是我喜欢这颜色，别说几千年，就是几万年的东西，最终都将与土地融在一起，土地的颜色包容了一切，人的生命，千年历史，万年山河……还有什么能逃得了大地的融合呢？就连秦始皇一心想延年，想长生不老，他求仙草、仙丹都未能永远地活下去，于是修陵墓，希望自己在另一个世界中，也威武，也称王。秦俑，秦俑，我看你时，我可以想到刀光剑影，可以想到血流，可以看到拼杀。

我知道秦兵的箭用的是三角箭头，而箭头上有一段是铁，那箭头不知用的是什么防锈材料，在出土的箭上，防锈竟然做得这么好，发掘的箭头和刀具几乎没有生锈。想想 2000 多年了，秦人的科学技术着实让现代人佩服不已，那箭速度飞快，那箭射出去如子弹一样，射杀力极强，让我不敢小视过去。

在二号坑和三号坑前，我看到的是更深、更昏暗的兵俑。这些兵马俑散落地呈现那里，他们或站，或躺，大多数残缺不全，个别坑里只有三两个俑人，显得孤单、荒落，我从几个身体开裂的陶俑上搜寻，发现那些碎片似连非连的，但一个个俑人的身体还是可以分辨出来。也不知为何，这样的状态我更喜欢，这里才能看到历史的痕迹，就连大地也可以用时光一点点分解这兵俑，碎了的俑体，依然有棱角，依然张扬着身体的结构。

我看到最多的是倒地的和身体开裂的兵俑，那盔甲已不全，那腰、那腿已不在一起，那 2000 年前的画面，那色彩，那天气，那车马的辉煌，那金，那银，那传说中的神兵，无法在这样碎裂的俑身上得到复原，那秦始皇谁人见过，那兵，那马，那车你如何见得？梦回秦宫，只好用梦，用思想联接一下过去。

我在断开的、碎裂的兵俑前，感到历史正从时光中走来，脚下的黄土，坑里的黄土，黄土之上的兵马俑的影子一点点呈现，断裂也无妨，我更愿意从断裂处找寻完整，更愿意在断裂的陶俑前，拼接一个个历史的兵马俑。那俑先是碎的，再是全的，最后接起来，站起来，我用思想，用心去拼接，真好。在这里让我更加珍惜这沾有大秦兵马的黄土，如若想当勇士，可以用力踩踏这土，这是秦人曾经踏过的领地，我也走走，怀着一个梦，连着一个梦，从 2000 年前，到 2000 年后的今天，我走在这样一个皇帝视为宝地的地方，我来了，轻轻地沉思，用心、用眼感受这一方神圣的土地。

# 地菜情

　　清晨我正睡得香呢，一串悠悠的叫声："喝地菜汤了。"我便即刻爬起跑向饭桌，看着奶奶端着盛汤的小瓷花盆。盆里正冒着的热气，一股股淡淡的清香飘起，当奶奶用勺给我盛满一碗地菜汤后，我便一口气将它喝光。而后奶奶慈祥地笑了，用她长满老茧的手轻轻抚摸我的脑袋。

　　地菜这平常而朴素的野菜，在"达因苏"的田间、地头、树林里到处都可以找到，春天、夏天，在雨后它们长得特别旺盛。它们是田野的绿衣，是我们生活中不可缺少的美味佳肴。1974 年我才 4 岁，家里生活困难，为了给生活增添一些新鲜的食品，奶奶和爷爷最先想到去采地菜，记得那时我还小，每每爷爷去田里、树林边采地菜时，我都会跟在后面，当我见到爷爷用手直接从地上拔出一个个完整的地菜时，我也凭着我眼力好的特点，很快在地上找到几个又大又好看的地菜，我急忙用手去揪，可怎么也揪不出一个完整的地菜，地菜在我手中被揪断了，我只好让爷爷帮我。于是爷爷手把手地教我拔地菜，起初我发现手上没劲，只是偶尔能拔几个完整的地菜，但我不泄气，每次都跟爷爷去拔地菜，终于有一天我可以顺利地采摘完整的地菜了。那时幼小的我在田园地头轻松地将地菜装满小竹筐，而后慢悠悠地牵着爷爷的手回到家里。奶奶总是高兴地将它们摘好洗净，而后做出好喝的汤菜。地菜也可以炒着吃，或用开水焯一下，用蒜、醋凉拌了吃。在那个年月，地菜是我们的宝贝。

山村里雨过后，到处一片清新的样子，这时鸟叫的声音也特别清脆，阳光用它热烈的目光把大地看得那么透彻。我与爷爷高兴地踩着雨后的小石子路，越过一片树林，走过一段田野，来到种有庄稼的地头。在那里，我们便轻松地发现，正挂着晶亮雨滴的地菜，这时的地菜叶片肥大，在阳光的修饰下显得越发好看。每一个地菜都挂满了水晶般的微笑。这时的地菜，也是最好采的，那土地在雨天过后正软着呢，我那稚嫩的小手也能轻松地从泥地里拔出鲜嫩的地菜。这时的爷爷总爱点上一支烟，看着我快速拔起一个个地菜，说："孩子，这地菜真好，你拔地菜比前几天快多了。"于是我便兴起，一气竟拔满了一小竹筐。当我们提着满满的地菜回家时，我才觉得田野真美呀，在那里我可以找到蚂蚱、七星瓢虫、麻雀，当然对于庄稼我还是熟悉的，爷爷种地、放牛、砍柴、挑水，什么都干，而我小，只好与田野中的小鸟一起快乐。对于田野，我是喜欢的，也从田野中获得好吃的"地菜"。那时日子虽然清苦些，但一家人每晚聚在一起，在油灯下谈笑说事，而后吃着大地贡献的美味地菜，每晚我都会闹着要爷爷讲一段故事，爷爷总是皱一下眉头，便能讲出他自己在山东老家的一些经历。我记得最清楚的是爷爷曾与游击队消灭了两个日本鬼子，于是我对爷爷越来越敬佩了，每次我都会在爷爷的故事声中慢慢睡着。第二天天还早，当我听到一声熟悉的"喝地菜汤"了，便能爬起与家人一起喝一碗地菜汤。

地菜，这农民家中朴素的一碗清色，集大地之精华。在山村最静的时候，便会端出一弯浅月，月挂西山，月落在院落中的一碗地菜汤上，于是月更精细了，更亮了，而汤更美更香了，于是我更喜欢山村，更愿意亲近土地，它给予了我太多的快乐。地菜伴着我逐渐长大，我渐渐明白了爷爷奶奶的一身正气，即便生活苦点，但他们大度，即使吃野菜也心满意足。每每想到这些，我就知足地感谢地菜，这田园的绿衣，使我幼小的心灵受到真爱的教育，我便不会忘记我是农民的儿子，不管干什么工作，都要心平气和，别为金钱伤身，别为谋官钻营，堂堂正正做人，轻轻松松生活。

一段光景后，奶奶身体越发不好，经常腰疼得厉害，而那时，我也不过6岁。一天早晨我自己醒来，吵着要喝地菜汤，而爷爷心情不好，他抱着我说："奶奶很累，她要休息几天，好了再给你做地菜汤喝。"就这样，一星期后奶奶"去"了，我去见她最后一面时奶奶费力地从嘴角挤出一丝微笑，抚摸我的头发，小声说："宝宝，以后让爷爷给你做地菜汤喝。"我哭着不愿意，奶奶还是轻轻地"走"了……

以后的日子里，我总是与爷爷一起去拔地菜，回来后，由爷爷洗净做成汤菜。后来爷爷老了，走路困难了，山村的日子也一天天好了起来。当许多人早都不吃地菜的时候，爷爷还总是忘不了吃地菜。我每次从城里回去都要去拔地菜，而后做成汤菜，给爷爷吃。他也总是说："这野菜吃了好多年就是吃不够。"而我也总是吃不够这清清绿绿的一色"地菜"，我捧着新鲜的地菜时，就像捧着我的从前，还有一家人团团圆圆的情景。

爷爷真的老了，每回他清醒时都要去田园拔地菜，我扶着他去看看雨后的地菜，它们在清风中旺盛地成长，在阳光下灿烂地微笑，把一片大地长得亮亮实实，长得充满生气，这时爷爷最高兴了，仿佛他又回到了从前，与奶奶一起劳作，一起喝一碗清清的地菜汤。

# 对画而言

　　很多时候，我面对一张画，会不由自主地说话。自己的办公桌前就挂着一幅水墨山水，画面四方形，画中的山与云交织在一起，那山并无一丝色彩，但我依然可以感觉到墨分五彩的状态。我会不由得说："这画线条优美，这画灵动，这画山势还是挺好的，用笔也比较灵动……"

　　对画而言，它静静地挂在那里，并不做答也不炫耀自己，那画中的状态与优美显而易见。不好的地方显现给我，好的地方也显现给我，那墨色绝不会因为时光游走而出现偏差。我在工作忙了一阵后总喜欢看看这幅山水画，画上的山挺拔有力，山峰一个高过一个，渐次排去，高高低低。山峰多了不好把握章法，山势类同大小没有变化，那可是画山水的难点。这幅山水中的山大小有10多个，组织得挺好，大小有别，山势有变化，而墨与笔的结合也很好，用笔洒脱。山势除用山峰之外，还运用了侧峰，笔走动时自然留出飞白，用笔快慢相宜，快如风，慢如走，山势之中藏着山的褶皱与山石的纹理。那些纹理不是画出的，是写出的。我们常常说画字、写画，画如若是写出来的，那用笔一定灵活多变，除了在纸上留下空灵之感，心灵也会宽广些、随意些。我们只要画得像就可以了，而意象之中的画面，一定是经过思想与生活的高度锤炼之后挥洒出的，更具有意境。这山你看它的用笔灵活，有些笔在绘制中，去笔如小孩点水，拖笔顺而畅通，画面气韵生动，留白到位。山的势气不减一丝，那笔触之中浓淡干湿融为一体。看一张画并不是只看画，看画看的是画面之中的韵律，看的是画面传达的境界，山水画往往重境界，注重山石之风，山石之雄伟。云气、水气、章法的控制，如若你把持不住意境，就画不出灵动的感觉。如若你控制不了墨的变化，那么墨色就分不出五彩。墨色如若深浅不分，那么所画的山峰孤单、暗淡，没有生气，那画也许像，也许够黑，但那样的画压人，那样的画简单，那样的画没有什么意境。

　　我看着自己画的《云山雾水》这幅画，我发现，国画最讲究用笔。以前我画的一些山水画，过多地把精力放在质的像，画面出来后，山峰姿态真的好像，但那些用笔好生硬，那些用笔牢牢地固住山体，那些山体除了有重量之外，就是一种压力，而云气、水气呢？在画面上难以寻到。那样的画，我画完了也就丢了，画完了也觉得心里挺沉重的。其实绘画也是在学习知识，学习生活的哲理。有好多时候，我们做事不思考，挺认真地做事，结果老做不好。绘画也是一样，我们用灵动的线条，用随意些再随意些的线条来写一幅画时，那里画传达出来的是另一种境界。你轻松些，画也就轻松些，你凝重了，画面也就凝重了。望画而言，我从线条墨色中找到归宿，我知道人要往前走，一定不能忘记思考，从容是一种潇洒，但从容是要在多少失败之后才能得到的。我知道自己多年来一直没有放弃绘画。那画并不是非得用手来画的，用心、用眼睛画的时间也挺多的。我常常在看一个人的画展时，对一张好的画作，除了静静地看，就是对画自言，不由得用嘴说说，说出它的精妙之外，说出它的淋漓尽致，说出它的风度、气势与意境。

　　看一张画时我首选凝思，用几分钟或更长的时间。有时，我不离开，尽管有人说哪张画更好，我不会过去，我在乎的是我的感受，别人感受到的你未必能感受到，如若你不能认真地面对自己的感受，一味地跟着别人的感觉走，你一定会失去自己。在一张画前凝思、自语，在一张画前认真地看一看，这画的用笔、布局、章法，以及它出现的效果是否让你感受到了什么？如果没有感觉，我相信你不会在那里长久地看着一张画。

对画而言，一张画如若失去了观众，如若没有人欣赏，那画将面临的不光是寂寞。那作品的背后是一个人的习惯，一个人的水平，一个人绘画的风格在一张纸上显露无遗，因此见画如见人、见字如见人的说法是正确的。

对自己的作品，我是知道的，除了自己的水平和自己的习惯，剩下的就是一些客观原因了，但不要找借口。如若在一段时间内你的作品没有什么变化，那是因为你还没走出眼前的你自己，你觉得自己的画很好，别人也许根本不喜欢，你喜欢的画，别人也未必喜欢，别人喜欢的画你也一样会不喜欢，这就是艺术。

所以我常常对一张画有了感觉就会自言自语，在画前观望，望那水、那山中某个局部，我想着自己就在那山脚下，慢慢摸着山体，那山体并不光滑，它粗糙，它有棱角，它在云与雾中，似显非露。我就在这山山水水中游走，有时也坐在山峰上的一块石头上张望，一直望得天地合一，望得那远山更远，那画中的线条潇洒而出，勾在山水之间，收于心中，等待着下一张画，在心中酝酿，之后挥洒而出……

# 故土的力量

　　在回家的路上，车是唯一接近家乡的交通工具，车轮飞快地旋转，车在公路上向前驶去。车窗外的大片土地，承载着我的回忆，通往故土的这条路，在时光中也变了样，以前是土路，现在是柏油路，路面不再颠簸，车内有音乐，有可放 VCD 的电视。我依然喜欢听车行驶的那种声音，喜欢看车窗外的大片土地，从土地上分辨过去，分辨这好久没走过的土地，也可以看到土地之上有年头的大树，有年头的建筑。在那里我可以确定这是我看到过的，是我曾经去过的地方。那些地方，从好一段回忆中再现，现在回归到现实，真的好感动，好亲切，厚土之上，苍天之下，是我生命的空间呀！

　　车刚进入"达因苏"的山梁子，清风就热情地来迎接，我可以不用看，闭着眼，用鼻子，准确地把清风里的乡土气息分辨出来，这可是我喜欢的草青味，麦子、油菜的青绿味。我知道"达因苏"就是美丽草原的意思，在大片的绿色中，这一片土地让一个离开的人开始感受过去，过去是迷茫的，要凭借现在看到的故土，来分辨回忆中的故土，过去的一切就鲜活起来了，这坡地上的麦地，这用树木隔成的田地方阵，树绿了，田地也绿了，油菜、小麦是我熟悉的，我以前在自家的麦地里玩耍，在麦地里看风拂过麦苗，风拂着树叶，拂过劳动中父亲的衣襟。对于麦子在土地上如何发芽、长绿、分蘖，我一一经过了，我去看，去看粮食成长的过程，看农人们如何在田地里梳理麦苗，如何把水引入麦地，水欢跳时在麦地里流过去。我知道水是在农人的铁锹下被驯服的，水先从高处的坡上向四面分沟。水流向低处，这是生活的常识。阳光在土地之上，总是热烈的，阳光让空气透亮，阳光在"达因苏"是纯净的，因为绿，因为山村、草原，净化了环境，空气干净了，阳光变得亮丽，我喜欢在一片麦地上远望，喜欢在麦地绿成一片海洋时，体验土地的力量。

故土难忘，在城里我面对的是高楼，面对的更多的是城市拥挤的车辆、人群。面对这一切，我的视线受阻，城里人每年急着奔出来去春游，要回归到大自然中，而我总是把回忆打开，那里有我珍贵的故土，故乡是有自然中的山脉的，有绿色的爬山松，有成片盛开的黄花、红花……那些城里人羡慕的风景，我的故乡完全具备。现在我从车上走下来，土地之上，我看到这些草原，大片的绿占据着画面，牛羊在草地上吃草，只是牛羊都是分片排过去的，我知道那是好多户人家的牛羊，所以要分割开来。现在的草地也分片了，那么山呢？听说也让放牧者卖了地界，出了钱的人可以在那儿放牧，我长长地吐出一口气，过去的草原、山脉没有这样的划分。现在的牛羊太多了，好的草场就要竞争后，才能得到。当我走进草原，蹲下去，才清楚地看到，草原的草比过去矮小，这是放牧过度造成的。我不愿再分析下去，我只要看这青山绿水，看着这些绿，我希望它们年复一年，都是这样葱绿就好。我蹲下去的时候，也不忘记用手抠出一些泥土，这是故乡的泥土，连着汗水、思想灵魂的故土。阳光下，这大片的土地，这么真实，土地就在眼前，左边是我经常去的山脉，右边是"达因苏"大片开垦的土地，这儿的土是肥沃的黑土，长粮食，养人气。土地之上，人是"达因苏"最有思想的了，大片的土地曾经未开垦，大片的土地在杂草与野兽的伴随下延续，当人用智慧、用双手改造土地，变出粮食，变出家禽，这片土地人渐渐多了。

人多了，孩子也多了，在草原上我以前是个孩子，我以前不喜欢思考什么，我喜欢去河里抓鱼，喜欢去草地上捡蘑菇，喜欢躺在软草上望天。那些日子好清净，那些日子好单纯，我现在除了回忆，就走不过去了。是的，我现在回到了故土，现在的故土变化太大，我几乎寻不到过去了，更无法依靠思维，推出过去那些50多年老树的样子，现在大部分换成了新树，土房子变成了砖房，变成了楼房，这一切在时光中悄悄变化着，这一切从历史走过历史，我想要找寻一些过去的土房子都很难，想要找回小时伙伴的模样更难，见到几个小时伙伴，他们都领着自己的孩子，孩子的活泼可爱让我想的更多的是，故土就是过去，在时光中，我们成长；在时光中，土地让人们忙碌着自己的生计。在山村里的人们，把牛羊，把土地变成自己的生计，土地总是无限地把热情和力量分给每一个农人。

我知道"达因苏"的土地，依然旺盛，当我回到家，那个我日想夜念的家，父母从黑发到白发，从我很小外出打拼，我回来了，我回来了！我在心中呼喊，土地依然博大，门前的河水依然在流动，河水中有家里养的鹅、鸭，就那一段不长的河段，我寻到了真实的过去。这些状态和我10多年前走时的样子差不多，我激动地在那儿站定，在那儿抚摸过去，其实我是怀旧的，我发现自己在那一片地段变得小了许多，是身心的小，是单纯的小，是久违了、回到过去的小，我喜欢。我用脚踩在故乡的土地上，用心感悟过去，在心灵的深处，把自己的心情梳理一番。我想要静下来的人，应该回到故乡去，在那里，你走近了童年，走近了你的心灵，走在父母牵引着你走过的地方，走在朋友伙伴嬉闹的时空里。不管你身居何位，不管你贫穷还是富有，故乡的土地都会让你有依靠，让你唤醒过去，寻到现在，你可以在故土之上思考，可能静静地休息，看着这乡土的样子。

对于土地我还是喜欢的，我的父辈每天与土地打交道，土地之上。那些匆忙的身影我熟悉，那些牛羊奔走的草原，阔广的样子停留在我心中，我再次望着故乡的土地，故土苍远，故土正饱含着情感。白云可以飘过去，风可以远航，唯有土地坚实地定格在那里，我喜欢这坚毅的、长久的土地，让我可以脚踏实地地在故乡走动。

# 黑骏马

　　在"达因苏"草原上有一匹黑骏马，清晨它的嘶鸣从草原传向天际，当你看到它从远处奔来时，其实已很近了，那是一个黑色的闪电，脚底下的蹄风，是轻快的鼓点，在草原上，清脆地敲过来。奔过来的黑骏马，马鬃飞扬，黑骏马的嘶鸣，高昂振奋，我知道这样的精灵，注定要留在心里，我站在一个高地上，一遍遍搜寻黑骏马的身影。

　　黑骏马，在草原上奔跑，草原的绿色承载它肢体的飞奔，黑骏马的蹄风，在触动草叶的瞬间，身形已跃过很远。黑骏马停下来时那草原的鲜花正开得浓，黑骏马缓慢走来，才能欣赏到它光滑匀称的身体，它的肌肉饱满，绝无一丝赘肉。黑骏马黑亮的眼睛，有明亮威严的光泽，我总是在欣赏黑骏马，看它在草原上自由奔驰。

　　下午的阳光明亮、透彻，黑骏马沿着"达因苏"高地的平原直奔过来，它是一群马的头领，它走在前面，吃草的时间很短，它张望四周，快步环绕群马，它向前走，群马随它前进。黑骏马扬起头来，阳光把光感融在它身上，那阳光的光度点燃了一个强健的生灵，蹄脚在大地之上数着节奏，在分分秒秒的黑夜里变换姿态的黑骏马，我清楚地看到它的力量，看到黑骏马高扬的头，飘逸的马鬃，像刚清洗过的墨线，低头抬头间，马鬃都会飘出一丝动感。它迈出的每一步，我都小心地数着。阳光下，黑骏马是热烈的，从它的精神中可以找到不安，可以看到狂放，可以看到力量正从它的身体里奔出来。"达因苏"美丽的草原，千百年来，生长的骏马无数，在我的年龄段，有幸搜寻到一匹真正的骏马，这么些年来，我见过成千上万匹草原的马，唯有黑骏马的影子在脑海中定格，它是我需要的力量，是我自由的化身，我要奔走直到生命的最后……

黑骏马在晚霞中狂奔，它的身影时而在眼前奔过，时而与草原融在一起，寻不到它时，它的鸣叫会告诉你它奔走的方向，黑骏马不受养马者约束，围栏留不住它，夜里黑骏马在围栏外徘徊，星星与草原是黑骏马享受的音乐。

晚霞里黑骏马最美，它的黑色马鬃在紫红光感中，披了一层金色，它的汗水把夕阳大片的红变得真实，它的肌肤在霞光里凝聚成雕塑，它的嘶鸣传过大地草原。从嘶鸣中我聆听抗争，聆听一个生命每一分钟制造出的勇气和飘逸，太阳落下去的时候，黑骏马与夜融在一起。黑骏马在夜里也会狂奔，它来无踪去无影，它是思想的精灵，是黑夜中，划过的一抹闪电。

黑骏马的身影，是足以让人牵挂的身影，我喜欢它总是干净的皮毛，喜欢它张扬的个性，喜欢一匹骏马来自心灵的感触，当黑色的一片风飘过去，当蹄声嘚嘚踏过草原，当一抹黑色突然跃过一个凹地，而能轻易地过去，我知道那一定是黑骏马的身影。

很多时候黑骏马是自由的，自由的黑骏马往往会招来嫉妒，在"达因苏"早期的草原边上开垦了许多土地，土地上最初种的粮食，总是由马车拉运的，众多的马都可以拉车，而黑骏马不可以，不是因为它没劲，而是因为它不习惯被束缚，不习惯身上缚了皮条驾杆，而后听人驱使指挥。黑骏马也曾有过生死的关口，也曾招来要制服它的人的虐待，黑骏马在"达因苏"的自由是我喜欢的，想制服它的一些人，拿了套绳却无法走近黑骏马的身体，只好找出快马，追着想套住黑骏马。在草原上，那所谓的快马，根本追不上黑骏马，而追黑骏马的人，也想显示自己的本领，不愿放弃征服黑骏马，结果在追逐时落马，幸好草原博大，草地柔软，没让那人折腰、断腿已是好事，这之后也有好些人想征服黑骏马，但都走不近那马的身边。

唯有一人，他是当过兵的人，人们叫他张师傅。张师傅是连队的技术员，每次闲时来到草原，只要看到他，那黑骏马就飞快地朝他奔来，在张师傅身边站立。唯有这时，我才可以看清楚黑骏马所有的细节，还可以觉察到黑骏马的呼吸总是急促的，也只有这样的时候，黑骏马变得驯服，我不知道为什么那样狂放的马，会如此让一个人驯服，或者是那马牵挂着的人就是张师傅？张师傅每次见到黑骏马，口中也是念念叨叨，那些语言我听不清楚，但那些语言黑骏马听得清楚，张师傅每次要走的时候，都要用手抚摸黑骏马的脖子和额头，而后扭头就走。黑骏马总要跟他走几步，而后鸣叫飞奔而去。这一切都是那样短暂，却又是那样真实。当马消失，张师傅脸上总会露出微笑，而我总是在那待一阵，当他们都走后，我依然要向黑骏马去的地方张望。

可我总是看不到黑骏马让人骑的样子，不过我相信有一天黑骏马会让一个人骑的，那就是张师傅。当我能跟张师傅说上话的时候，我才知道，那黑骏马在 4 个月大的时候，因为奔跑得太快，它的前腿处碰伤了一块，那伤开始不大，养马的人也就没在意。可当夏日的蚊蝇叮过后，就在那里生了蛆，最后危及到了生命。张师傅有一天来到马场，看到这快失去生命的小马，就用心进行施救。养马的人也说，这马恐怕不行了，就是救好了也不能拉车使用了，而张师傅当时就告诉他这马不会拉车的，它好了后应该是一匹难得的好马！于是张师傅将马前腿轻轻抬起来，用夹子把里面的蛆虫夹出，早晚不停上药、喂草、喂水。半个月后，黑骏马回到了草原，而张师傅因为耽误了上班，被"发配"到一线去浇水，一干就是几个月。当冬天来临，大雪后，张师傅回到了马场，他老远就听到一声嘶鸣，他的心下意识地狂跳了几下，他看到一匹高高壮壮的黑骏马，已在瞬间来到了眼前。他不由得叫了声"小黑"。那马走过来，用嘴唇拱张师傅的衣服，真的是一匹好马，张师傅知道眼前的这一抹黑色，就是天地之间的精灵，张师傅有些激动，嘴里说着：我没看错，是匹好马，好马……

那个年代很多事由不得自己，由于黑骏马不能拉车，不能劳动，就有人打它的主意，那些曾想征服黑骏马的人联合起来，要求连里杀了不能干活的黑骏马做菜吃，经过几次没得逞。

一天连里决定用枪击毙黑骏马再做菜吃，这事让张师傅知道了，他去了草原，他撕心裂肺地喊小黑，小黑……我那天去了，我为我成为张师傅的朋友而感动。见黑骏马跑过来，张师傅翻身就骑在它的身上，那些想杀黑骏马的人也到了，黑骏马在张师傅的叫声中，冲了出去，后面紧紧跟着六匹马，马奔去的地方有一条大渠，那渠从没有马可以奔过去，而现在黑骏马一跃就过去了，这一奔让所有追来的人后悔了，他们都在心中佩服黑骏马，黑骏马是真正难得的好马！

任凭后面的人喊：回来，回来！我们不杀黑骏马了。可是一切都晚了，黑骏马和张师傅消失了……好多天后张师傅回来，而黑骏马消失了，我去草原看过几回张师傅，他告诉我，他让黑骏马去了很远很远的地方，我知道他们之间有个约定。

我总是在心中珍藏着黑骏马的身影，我喜欢这样有情有义有个性的马，那马经常在我思想的深处奔驰，犹如一道闪电，是我无法模仿的闪电……

# 河流 河流

　　我总是在心中轻轻地念叨河流、河流，怀念那自小在河边生活的我，与朋友们在河中戏水，在河中捉鱼，在河中游泳，把自己的脸印在水中的那份流动的情景。在大地上，河流总是这样的流动着，有浪花，有动感的声音，哗哗啦啦地流过去，流过去的水飘起一片婉转的绿绸。我喜欢这样的状态，在河边我先用眼睛看水花，看河流流动的去向，河水中野鸭的戏水，在河流的岸边往往有葱郁的植物。那些植物往往会把水的速度减慢，再减慢一些，因而那水中倒影最美，除了可以映出蓝天，映出那些植被，也能将植被的绿叶和细小的花映在水中，那水中的镜子是有波纹的，波纹慢慢扩散……

　　在河边，我习惯了天热时约几个小伙伴去水中玩，可以抓小鱼，也可以打水仗，在水中先是冰冷袭来，之后水会布满全身梳洗身体净化心灵。我是喜欢水的，在水中我学着鱼游来游去，但总是没有鱼那样自由，水的清凉，让我不能小视，水对我来说好重要，很小我就知道水的许多作用，所以水与我是自然合拍的，我也喜欢在高兴与伤心时去河边叙说，河水之中我的影子总是动感的，动感之下我往往能看到鱼虾。在水中的生命，生得那么优美，对我来说它们太精巧，也很柔软，我用手触摸鱼儿的皮肤，它们总是滑滑的，游动的身体可以自由地飘在水中，水是动感的，而鱼在明明亮亮的水中，分分秒秒让水冲洗着，我总是可以断定那些鱼是最干净的小精灵，一直以来我都愿意在心中有一条纯净的河，河水流动，流动之后才会变得更加干净明亮，而那样的水中，鱼与小虾也一定是干干净净的。

我知道沙拉玉米河，河水面临枯竭，我还是想让春天的冰雪早些融化，让家乡的那条神奇河流再次涨潮，即使河水愤怒些，浑浊些，我也不喜欢河水渐渐减少，最终要面临枯竭，我不喜欢长长的河道只剩下柔弱的细小河流，在夹缝中躲藏着身体。

记得 10 年前家乡的那条河流，还是那么丰满，河水充盈，而如今 10 年过去了，河边的植被砍光了，河边的草原破坏了，而河里的水呢，也渐渐少了，当年我在其中游戏的河水呢，现在成了细小的一股水，而且变得浑浊不堪。我用手轻轻捧起一些水，水没有了过去的清亮，手中捧出的是杂草和一些泡烂的纸片。水的清净不见了，水中涌出的是一股腥臭味。当我看到一些鸭子在水中游，因为水小，它们浮不起来，只好在水中跑，那水流不干净，鸭子洁白的羽毛被染灰了。我很无奈，我不想看到我心爱的河流，在我的生命里这样枯竭，所以我盼望冬雪过后，春早些来临，往往在春天雪融化时，会有大量的冰雪之水一路而下，将河水中的污物冲刷干净，河水也可以保持几个月的丰盈，但这丰盈的水再也回不到以前了。我知道那是因为人们对河流的无奈，是人们在生活中砍树毁林破坏草原影响到了水的环境。

在我一次远行中，车往乌鲁木齐奔驰而去，我看到了一座雄伟宽广的大桥，我兴奋地打开车窗向桥下的河水张望，宽广的河床下，我怎么也寻不到一条勇敢奔流的河水，只是失望地看到一条细小、浑浊的水流。那水流在这么宽大的河床里，时断时续，让我的心一下揪了起来，我不敢相信眼前的一切，河流、河流呀！这么高大的桥下面怎么没有丰满的河水呢？我想起在好多年以前，这条路还没有铺上柏油呢，这路也很窄，那时这里没有这样高大的桥，而那时这里的河水一年四季都是丰足的，河水在河床里跳跃，即使你闭目，河水哗哗的声音也是明显的。而如今这河让我看不到过去，过去的东西发生了很大的变化，这变化在时光中一点点成为现在，而我的思想总不接受这样的状态。

很多时候，阳光总会出现在风雨后，而思想总是在那些呈现出的状态里思索，这曾经宽广的河流，它的碧绿，它过去的样子，让我心痛。车走了好远了，我的目光好似还停在那河床里，那宽广的桥下面怎么没有河呢？

河流、河流……我几乎要把自己的眼泪化作水滴，当雨水飘来时，一些雨水落在车窗上，而后溅起水花，我想雨水的到来一定可以增加一些河床中的水，那河床也会因为雨水的加入，变得开阔些，我想要用我的思想让那快干枯的大桥下，充满水，让绿草，让清凉的风飘过发丝，飘过原野，飘向远方……

# 坚强也须说给自己听

很多时候，我们在现实生活中，每走一步真的好难，特别是有理想、有追求的人常常会面临无奈与委屈。来自各方的压力、阻挠，甚至对身心的打击无处不在，有人说糊涂些好，但有些事情你如何装傻都躲不过，所以要常常对自己说坚强，再坚强些，让自己在绝望中挺过来，让快要毁灭的生命之火慢慢燃起。

我上学的时候，真的觉得好累，也好无聊，同学里有几个作业做得飞快，算数学时，那种凝神下笔、若有所思的样子，真的好让我羡慕，任我怎样装着凝神，任我如何去算一些例题，都无从下笔。我常常听不懂老师讲的解题步骤，也不理解公式，当然数学成绩经常排在班级的后几位了，有时我好怨呢，为何自己学习这么差，我也能早起晚归，每天几公里路，我也跑了 11 年，最终因为学习差，父亲告诉我别做学问，我依然坚持着去上学。我发现自己也是有思想的，在一些日子里，我想了很多事，16 岁大的孩子，眼光一点都不高，只想有一天能做一名老师多好，老师可以解题，老师可以讲解知识，老师就是从小一直教育着我的人。可是不争气的我，学习成绩总是不能让老师满意，但我不想脱离学校，也不能一下子改变自己的现状，不能离开多年来已适应的学校生活，有时我也用上学逃离家里没完没了的家务，我在心中大声喊，要坚强，要坚强呀！于是我可以厚着脸皮去上学，虽然我没因为学习差出逃，但心中一直愧对父母，特别不能与老师的视线对视，我知道老师的期待早已化作了无奈，即使混我也能顺利地一级级上到大学毕业，当我工作，当我的思想有了凝思，我才知道有些时候，人一定要学会坚强，要厚着脸皮把自己留在一个自强不息的空间里，不管别人如何嘲笑，别怕！坚强地走下去。

在一个雨天时，我记得很清楚，班里的 12 个学生，不是数学最差，就是语文最差，要不就是每门功课都差，老师让站在黑板前挨训，老师气急就拿一本厚厚的书打在每个学生的头上，打一下说一句晕蛋，笨蛋，当书打在我头上时，我的头皮先是一麻，而后心一下碎了，我就在心中发誓，这门课我不学了，但我以后一定不会太差。但当时我真的好差，到第二天，12 个学生已有 6 个学生不来上学了，而我的学习成绩比那 6 个学生还差，我一直在心中告诉自己要坚强些，留下来，我就留了下来，就这样以丑小鸭的状态在校园里匆匆走过春夏秋冬，我发现最终因为我浸泡在校园里，身体里早已浸入了学习的气质，这些潜质的知识，最终使我从愁苦中明白过来，知识未必都来自考试卷，考试卷也不是唯一出人才的方式，我得感谢自己能够坚持坚强地活下去。现在的我，与过去的同学聚会时，大家都认为我最有学问，而我告诉他们，我只是坚强而已，没什么学问，如若你坚强，你肯定比我强。

现在的工作真的不好找，有些时候，有一个很有挑战性的工作出现，你干不了，除了低头，求人，还有很多事情可以做，要么熬时间，拼着命硬是干好这件事，而干好了这件事，你可能累得病了，这样的事，有时会给一些人心中不平的打击，失落痛苦随之而来，想着为何我要这样过活，许多不如我的人，比我的工作好，钱也拿的多？有时也会痛哭一场，回过神来，大多数人还是挺坚强的，可以继续工作，可是有些人，就是这么一次打击，就断了想活下去的念头。那个大雪之夜，一个美丽的女孩，因为无知，被一个社会青年诱骗了少女的纯洁，她放弃了自己的生命，她不原谅自己，她想着家人朋友都会看她的笑话，她也曾想坚强地活，但最终坚持不下去，放弃了生命。其实，她不应该这样，她若坚持活下去，明白了社会，一定会在教训与现实中绕过暗角，以后一样可以活得很好。

来自各方的压力无处不在，有时遇到莫名的纠缠，也有时为了成就自己的事业，而受困于别人。有时为了一些钱，要压抑自己，干自己不喜欢的事，在这样一个复杂的社会里，随时要在人制造的许多圈子里周旋，真的好难。不管如何，一定要学会坚强，坚强才会有机会明白事物，给自己留点空间思考，那样就不至于把自己挤得喘不过气来。当自己从夹缝中走出，当自己走过痛苦压力，一定更能感受到生活的美好，感到每天阳光的可贵，眼前的一缕青草，天空慢慢飘下的雪花，这些诗意的事物，都来自生活，当你从暴风雨中挺过来，你一定能看到阳光；当你从手术台上挺过来，你就赢得了新的生命；当你走出阴影，走过苦难，幸福就离你不远了。

那个被很多人说过真傻的人就是我，我一直坚持写文章，用笔描绘生活，我的文章发表越来越多了，绘画作品也可以送人了，这都是因为我坚强，我厚着脸皮往下活，才有机会感受生活，超越生活，书写生活……

# 漫步孔雀河

　　在我去孔雀河之前，石河子的冬天依然是素色一片，大雪飘落，雪地上形成冰雪道路。但在春节大假之日，又因为孔雀河的名字优美，我还是决定了去那里，虽然我想到了春节前后风雪会持续，而孔雀河的状态肯定与冰雪有关，我以为看一看冰雪中的孔雀河也应该算是有意义的。一条河在春雪交替中，似化非融的感觉，有些萧条、肃静、干涸，这些是我没去前的思想，凭借的是推理、想象，于是决定前去，才有了动力。

　　来到孔雀河的大桥上，我的思想掀起了波浪。孔雀河的水在冬天前并未封冻，河水绿色、偏蓝，水中有波纹滚动，水不死，水面上的湿气、清水的气息向两岸扩展。这让我兴奋不已，本想着这里应该是素色一片，苍茫的冰雪封冻的河水，可此时却让我感受到波光清水，蓝天、干净的街道、楼群，让孔雀河增辉、漂亮起来。

　　孔雀河的名字何来？孔雀河的孔雀在哪里呢？都已不容你考虑。站在孔雀河的大桥上，凭借一个高度，向河的上游观望，河床宽的地方有 50 米以上，上游的河水，依次推去，从平静安详，到微有波浪，中间会有浪花翻卷，但不急不火。这些都是借助人的力量改造过的孔雀河，孔雀河在视线中，可以肯定它是这个城市的特色，而依河而建的高楼大厦，色彩运用了高级灰，在蓝天、白云中，40层以上的大楼更显得高贵，有气魄，让来到这里的人，感到孔雀河的名字好听，而后是水好美，这个城市更美。这个城市的街道宽广、干净，而人在这宽广的城市里，显得不紧不挤、不慌张。

站在孔雀河大桥上，我真的愿意让微风吹在我的脸上，让阳光抚慰大地、河流，让春天的气息把库尔勒这个城市梳理得清爽亮丽。依水而建，依水打造的文明，我可以理解，从孔雀河的水域里，我读到的是平静优雅，从两岸的建筑风格中，我看到的是现代化，并具有高水准设计的高楼大厦。

车是现代交通工具，在库尔勒大桥上看车如流水，车飞快地穿来驶去，这些算是动感强、速度快的节奏。但这些影响不了你，你只要一转身，就会看到桥下淡蓝色的水面，你浮躁的心情，一下就平静了，其实"心如止水"，我读过、听过，在这里你只要看着水面，就可以体会到这句话的恰当。车也是一个城市的主要标志，看着车流，就可以感觉到，这个城市发展很快，车多，路宽，也能感觉到疏朗不拥挤，物理空间广阔了，才会有让思想驰骋的空间。

从桥上下来，我决定先往上游漫步，我本来习惯快节奏的生活，吃饭快，走路快，办事也快，容不得自己改变。现在我不想快，我要慢慢地向水中凝望，慢慢地向孔雀河上游走，与水中的波纹一样，缓缓地扩展，水波在遇到阳光的亮点时，就会形成粼粼波光，那一串跳动的金色音符，会在心中奏出铜质的音节，在这样的时候，周围的人正在看水、看桥、看城楼、看天空，我看到的是微笑。那么恋人们呢，他们会对视、相拥，也会在孔雀河边留下美好的照片。我就在想，这孔雀河就像一个年轻的少女，而周围高大的高楼，就是一个英俊潇洒的男子汉，这里是恋人们的好去处，是经历磨难的人的好去处，在快节奏的生活里，来这里洗去劳累，是最好不过的了。

水在这里一点也不单薄，会有白色的小浪花跳动，那水下面的石块，水里砌的台阶，可以看清楚，这足以说明这儿的水是纯净的，水的浪花，让人感觉到像孔雀开屏的羽翼，我知道孔雀羽毛色彩丰富，开屏之后像一把巨大的花伞，而现在，除了浪花中的孔雀开屏，并没有别的，当然水声是深厚的，浪花是调皮的，想着这样的孔雀羽毛，这样的孔雀开屏，也还是有意境的。

走在孔雀河两岸，我的目光其实是挑剔的，我从脚下一路看去，孔雀河岸边干净，没有所谓文明的污染物——像白色塑料袋、果皮、干果壳之类的东西。看到这些，我也意识到不能随便丢果皮，在潜意识里规范了自己。孔雀河是大气的，两岸的树林，也很有造型。当然库尔勒是有名的梨城，梨花盛开时，应该算是有诗意的，我在冬春交替时来到这里，虽然看不到梨花的样子，但我看到了河岸边的梨树，特别是有些年头的老梨树，老枝在岁月中形成了有造型的扭曲，扭曲之中，可见"飞龙舞动"。梨树我是认得的，我下意识地走过去，摸摸老树，也算我与库尔勒的梨树有了缘分，为了记得这些梨树，我在这一片梨树中，选定一棵造型独特的梨树当背景拍下了自己的身影，孔雀河啊！我走来，走近你，我把你当成我的琴弦，其实这河流是库尔勒母亲的化身。

孔雀河在库尔勒中心地段，孔雀河有着包容的姿态。春节期间，在孔雀河两岸听不到爆竹的声音，听不到不文明的乱喊乱叫，数百只鸟，上千只的野鸭、水鸟，在水面上嬉戏，我能认出黄头鸭、黑头鸭、鸥鸟……这些精灵一点都不怕人，看来它们习惯了这里的环境，其实在这里，我看到的都是经过人工治理的河段，但这些河段一点也不死板，反而使河流与城市结合得非常和谐，这让我想到了思想与定位。库尔勒的思想是大气的，是恰当的。其实，在这里漫步，有时一抬头就会感到自己在上海外滩，有时静坐在孔雀河的长椅上会感到是在一个悠然的湖边，站在浪花处。

鸟在这样祥和的水面撒欢，游客忍不住用手机、用照相机拍下它们欢快的样子，到了正午阳光热烈起来了，水面上的鸟们有时也会起起落落，相互追逐。

在孔雀河有一道最难得的风景，之前，孔雀河是没有天鹅的，孔雀河的野鸭、鸥鸟常有，我来到这里后，听说天鹅也才来了不到 2 周，而现在天鹅正悠然地在蓝色的水面上游动。我以前见过天鹅，那些天鹅真是可望而不可及的，却在我的视线尽头，很远、很小。而这些天我就在岸边，它们看上去那么清晰，这么真实。

这些天鹅看上去好大，羽毛也不那么白，有几只还有些发灰，但它们是那么真实，它们会为生活寻找食物，也会在生活中寻找自己的恋人。现在这里有 18 只天鹅，来这里的游人，都会习惯地数一数天鹅会不会是单数，结果数后都确定为双数。那些人就满意地说："看来天鹅真的是一生只有一对，而另一只如果死去，剩下一只就会忧郁而死。"天鹅的美，其实现在看来不在羽毛，而在于精神。

天鹅的到来，引来了众多的摄影者，照相机对着游来游去的天鹅，那照相机的镜头总是向着天鹅，我本来是想多拍些孔雀河两岸的风光，而这时我也不由得拍了好几张天鹅，天鹅定格在了我的照相机里，它们是不动的，而我的心是涌动的，我把孔雀河的感触一并收在心里，以便于今后回顾这平静而有意义的旅行。

来到孔雀河，更多的人会在楼群和河流处停留，而我一心想着上游的河段。第二天我顺着孔雀河一直往上走，走进了一个有原始植被、草地的河段，我感到孔雀河上游要杂乱些，但那里更自然，没有高楼大厦，也没有街道、闹市。这里除了静静的河流，就是远望苍苍茫茫的山峰，河的两边小树在风中摇摆，河水在低处，有些地段高出河流几十米，在视线中，河流更婉转、更悠缓，静得像一块碧玉，真想下去喝一口这里的水。水往低处流，人往高处走呀！我愿意在这样的地段久坐。这些其实是走向孔雀河源头的地方，那里的水，我相信会更纯净，那里也会更幽静，因为那里的雪线是洁白一片的，那里苍茫的意境一直在，那里有孔雀河更多的秘密，那里是孔雀河的根源、一个人的根源，是一座城市的根源。

当我回看低处，在云彩处，在蓝天处，看来现代文明与自然衔接好了，真的会出现奇迹，孔雀河应该算是创造了一个美丽的奇迹……

# 馍　馍

　　当我用笔轻轻写下"馍馍"，我便在心中圆起一个丰满的白馍馍。馍馍是我从小就常吃的饭食，从我不会叫馍馍时起，从我牙还未长全时，我的父母就用水泡软了馍馍喂我。当我能知道馒头时，我的手中便常常拿了馍馍，一边玩，一边吃，一个圆圆的馍馍常常让我吃成半圆，就像月亮从十五走过月头，那圆月最终成了月牙，馍馍就这样从圆到没，日子就在分分秒秒中移过去。

　　馍馍是一个家的主食呀，早年家要想圆起来，就得靠馍馍白而圆的身体，圆起一个平淡而温暖的家。1975 年，刚 5 岁的我，清楚地记得"达因苏"的春天往往来得迟，山村是种不出水稻的，而小麦也不能大量的成熟。因为季节，很多麦子在没有成熟时，就让大雪埋在地里，来不及收回。馍馍在那个年月就特别珍贵，在冬天如若谁家没白馍，日子就很难打发了。冬天菜少，除了洋芋，就是萝卜。人不可以光吃萝卜、洋芋，馍馍在我家就成了主食，母亲每天回到家中，用一个大盆把酵头放在水中泡软，再放入面粉，把面和好，放在火墙上发面，发了的面不听话，往往把盖面的盖子顶起，那面有些酸，有些淡淡的酒香，这气息就圆成一个家……母亲总是在发面时，第一个打开面盆，第一个把这发了的面，拨弄在案板上，用手揉和着面，再加上些新面粉，湿了加面，干了加水呀，小小的我就明白了这个道理。

直到有一天，我对母亲说我也会和面，母亲笑着说你来试试，于是我学着大人，把发了的面弄到面板上，可是我怎么弄，盆中的面都弄不干净，我还没加面粉，发了的面就把我的手缠绕住了，我似乎难以摆脱这黏黏的面，母亲笑着围了围裙，利索地将我手中的发面除去，只抓了一把面粉放在没弄干净的面盆中，轻轻一搓，就把那些难弄的发面，弄得干干净净。再用一些干面粉放到我的小手上用力一搓，我手上的黏面顷刻间就落了下去，母亲把和好的面，揉成一条长龙，用刀平均切成块，再用手一边揉一边转，那块面就在母亲手中奇迹般地变成了圆圆的馍馍。当一排排好看的馍馍放在蒸笼里后，大锅就把这些馍馍藏起来，当火烧起来，烟雾中，蒸汽渐渐升起来，馍馍的香味绕过大梁、绕过门窗就飘向远方。我如果正向家走，在很远就能闻出自家的馍香。

馍馍在庄稼汉的手中，很快就从圆成了无，庄稼汉吃馍馍很快，吃起来满嘴鼓胀，而后大口咽下去，有时吃得急了，会噎着，就赶紧喝一大口水冲下去，我常常先把热馍馍的皮吃了，再一层一层地吃里面的馍，吃到最里的馍心时，我就小心地放到嘴巴里细细品味，馍香而柔软，细腻之中甜味丝丝传来，大人都说，只有爱惜粮食的人，才可以吃出麦子的香甜，可以吃出麦子变成馍馍之后更香更甜的美味。

我习惯了看母亲每日围着围裙，用一双勤劳的手，在简简单单的家中熟练地做馍馍，习惯了父亲下班回到家中，一口气吃三个大圆馍馍，而我有时在馍馍中间掏一个小洞，在洞里灌一小勺清油，就那样把浸了生油的馍一口气吃完，觉得那时的生活好美。

在我家最困难的时候，很少有菜吃，肉食就更少了，连清油都要定量。我曾想着，如若一直有香香的热馍馍，我就不会抱怨什么，我就可以活下去，而且活得很好，但父亲有时会开玩笑告诉我们，咱家的粮票怕是不够了。我们这些不明白道理的孩子，总是在大人说过不够吃后，就忘得一干二净了，我们快乐地去上学，夏天去山野里采野草莓，冬天去河里抓鱼，饿了大口吃馍馍，直到有一天白馍馍成了苞谷面，我们都觉得奇怪，吃了几顿苞谷面就老觉得不舒服，幸好母亲聪明，又做锅贴子，又做成小面果果，我们才能耐心地吃下去。没有白馍馍的时候，特别想馍馍，常在梦中，梦见一笼笼的白面馍馍笑咧了嘴，当我要抓它就不见了。作为孩子，我们很单纯，有时我们没馍吃了，就对父亲说：给我们吃馍馍吧。父亲就会背了手出门，第二天我们吃到了热馍馍，而母亲就会告诉我们，父亲用咱家的一只老母鸡换了半袋白面，于是我们丢了手中的馍馍，冲到鸡窝前找寻那只好看的花母鸡，再也寻不到它可爱的影子了。当我们渐渐长大，日子也渐渐好过了起来，馍馍想吃就有的时候，却感觉不到馍馍的珍贵了，感觉不到父母为了我们所做的那些艰难的选择，那些岁月中用一只鸡换回的半袋面粉，也不觉得它的珍贵了。

现在我们都长大了，忘不了自己第一次和面，做的第一顿饭。忘不了在艰难的日子里，把一个馍馍吃成弯月，忘不了母亲为了让孩子多吃馍，自己喝糊糊，吃野菜，爷爷奶奶为了我们吃上好吃的总是在麦割完后，去麦地捡拾麦穗，把麦穗打成麦子，用锅煮，麦子开花，变成了麦粥，我们抢着喝。

麦子变成馍馍其实也挺难，直到现在，我都不舍得丢掉一小块馍馍，现在馍馍花样很多了，蒸气馍，加了糖的甜馍，有烤的又黄又好看的馍，雕了花的馍……可我再也吃不出过去的那种香甜。

现在我们不用自己揉面和面，不用自己做馍馍、蒸馍馍了，只知道用钱买馍馍，现在的馍馍小而白，小而轻，小而不好吃，我吃不了2个小馍馍，就不想吃了，有时也想这馍馍怎么了，用手掰开看看馍心，挺好，比原来的馍馍白，可是吃一口就是不好吃，想吃出香，吃出甜来，就是吃不出来，是我的味蕾变了，还是馍馍变了？

# 母亲的背影

　　女儿紫微刚过完 2 岁生日，我便急着想回到故乡，故乡的山脉、故乡的云，故乡纯净的空气，想着扑面而来的清新感受，远在他乡的游子此时更能感触到这种情景。女儿紫微 6 月 5 日生日，我 6 月 4 日生日，我们俩就过在了一起，6 月 7、8、9 日连着周末和端午节，让我有了回家的时间，可孩子病了，我只好一个人回到家乡。

　　当车行驶到家乡"达因苏"的山梁时，我就明显地感觉到家乡的清风微微涌过来了，太阳虽然热烈，但我感觉不到夏日的燥热，阳光的清亮，更让我感觉到视野的开阔，绿地、草原连着山脉，远山有些连着白云，微风吹拂着麦浪，我望着这些短小的麦子，感觉到，今年的雨水太少，这山野也没有以前的葱绿，我知道这里今年缺水，但"达因苏"的空气并不因为草地缺水，空气就变得混沌。这里依然明亮、清爽，我大口吸着清新的空气，抚摸空气，车开得很快，空气从手指间窜过去。到家了，我的心开始激动，开始为见到父母做好心理准备，想想自己都是 30 多岁的人，可不知道怎的，快见到父母时，心情还是这么激动，心跳都在无意识中加快了。

　　车到了家门前，我下了车，我感觉不到原来的家的样子，除了一排整齐的砖房和一样大小的院子，从大路边排过去，我真的一下认不出自己的家了。小的时候，家里是土房子，没有院墙，现在我看到的是整齐的砖房，但我在最短的时间辨别出了自己的家，因为我知道自己家门前有几棵老树，知道自己家就在连部的右侧。我顺着坡路走下去，进了家门，看到母亲正在给鹅喂食，看到母亲的背影，在院里忙碌，她一边把水倒入盆里供鹅、鸭子戏水，一边把拌好的食物用铲子铲入鸭盆里，那几只白鹅尖尖的叫声传来，欢快地觅食。五只白色的鸭子也争相抢食，我看到一群白色的精灵围着母亲，鸭子嘎嘎叫得欢，母亲对着这些精灵在说话。看着它们吃，自己也挺高兴。我虽然看不到母亲的脸，但知道现在的母亲一定是一脸微笑，一脸和蔼。这些白色的精灵和喂养它们的老人是那么和谐，这种画面在城市里很难见到，我站在那里不愿惊动他们。母亲回转身时，看到我，先是一愣，而后高兴得连喂食的桶子倒下去都不顾了，就向我快步走来，我急忙迎上去，叫一声妈！妈说："小宝，吃饭了没？"我说吃了吃了，在额敏下车时吃的，妈接着说："我把鹅蛋煮好了，你最爱吃的鹅蛋。"我心里一热。我一直以来最喜欢吃鹅蛋，吃鹅蛋是我从小养成的一种习惯了，每年我都会吃一些鹅蛋，吃那种不用盐腌，只用水煮的。鹅蛋对我来说很重要，鹅蛋个大、蛋黄营养更丰富，吃起来不松散，有嚼头，最重要的是过瘾，一次吃上三五个也是常事，吃过鹅蛋我总能感觉到身体有种说不出的舒服，其实现在生活好了，想吃什么有什么，可是对于鹅蛋我依然放不下。

对于母亲，现在我看到她容颜的机会不多。我在城市里，离家很远，一年最多可以回一趟家，若是忙时，可能几年回不了家。现在面对母亲，我有些不相信这是真的，但这分明就是真的，好多时候远离家乡的人，回到家乡顿感亲切。母亲和我并排走进家里，就忙去了，看到她发胖的身体，看到她渐多的白发，看到她因为我回来高兴得为我做好吃的背影，母亲走到厨房的一瞬间，这背影看不见了，我有些急，放下带回的东西，快步走到厨房，母亲已将柴草点着，火光与烟慢悠悠地从炉膛里溢出来，这样的时光仿佛就在昨天。烟过去，火苗就旺盛了，我拿了盘中的鹅蛋，剥了皮大口吃起来，顾不了说话，三两口一只鹅蛋就吃掉了。看着在厨房里忙碌的母亲，心里酸酸的，母亲没有年青时麻利，泼辣，但现在母亲更温和。我走出厨房躺在床上，闭着眼，心里的往事像电影一幕幕划过。

这些年来我在外，母亲的容颜，有时清晰，有时模糊迷茫，我就只有在心里找寻，通过电话只能听见声音，更多时候，我只能感觉到母亲的背影。这乡村的每一寸土地上，都留下过母亲的脚印，忙了一辈子，退休的母亲，因为干的是大田里的工作，累得过了，伤了身体，现在腿脚不便，走路对她来说是很困难的。现在母亲见我回来装着自己的腿脚还可以，可是走出去五步以后，我可以看出，她走路是不协调的，腿脚拐动挺大，她总是以坚强、豁达、持久支撑一个家，只要母亲在，家就变得温暖起来。

我到家就轻松了，很短的时间我就睡着了，真奇怪，在单位时，我总是让自己崩得很紧，让自己处于最佳工作状态，现在我就像块电池在充电。等我醒来，已过去了四个小时，母亲、哥哥、嫂子都在，家里热闹起来时，我发现很温馨。在城市的楼房中，找不到这样的感受，外面的鸟声、羊咩咩的欢叫，鸭子、白鹅的歌声一阵阵传来，农家小院的音乐，我喜欢，它点缀在生活的空间里，让一个家院丰富起来，让生活更有情趣。

家里养了 2 条狗，早晨我还不想起来，母亲为狗做了食物，去忙了，看见母亲提着桶出门，看着她腿脚不好，走得很慢，我在她走出去后，我就起身看着母亲，母亲的背影，一点点走远，遇到有障碍，她就小心绕过去。母亲不愿停下休息，当母亲的背影忽得不见了，就听到狗的叫声，那是它们在迎接自己的早餐。

母亲喂完狗径自去了菜园，我家菜园很大，我想去菜园看看，因为以前菜园是我们孩子可以馋嘴的地方。母亲见我过来，放慢脚步，当她要过一个木桥时，就小心地用手扶着桥面，慢慢挪过去，幸好小桥很短，几下就挪过去了，桥过去就是我家菜园了，菜园里黄瓜正往架子上爬，西红柿正开着黄色的小花，一块块方地中有辣子、韭菜、萝卜……只见地里缺水，母亲看着菜地认真地说，要浇水了。随后她走出菜园，拿着铁锹去了上游引水浇菜，我又一次看见母亲的背影，母亲在青绿的草地上走，紫红色的花衣，就像一簇晚开的花。母亲其实走得很慢，几乎是向前挪动，在光感和阳光中，母亲的身影更加生动，我没有带照相机，只带了手机，我拿出手机拍了2张母亲的背影，我怕记不住这样真实的背影，我怕我在睡觉时梦中记不全母亲的身影，母亲走得虽然很缓慢，但在几分钟之后就消失在一片静静的树林里了。

当母亲转回来，我的心平静了许多。我家菜园连着草原，草原随处可见牛羊，家里的白鹅现在也在不远处吃草嬉闹，鸟儿起起落落，野花开在周围，虽然不如过去多，但有花、有草，心情就会好起来。现在母亲转来，可是在我思想里，母亲的背影更让我留恋，有时看见母亲的身影，那只是她的一个背影，从这个背影里读到更多的还是生活。

母亲温暖、博大，母亲的微笑越来越和蔼，母亲的腿脚已不好使，这次回家看到母亲的背影，使我又坚强，又伤感……

# 落叶知秋

　　当我转身，眼前的树叶，让我一惊，这才没几天，树叶已开始变黄了，那黄色的亮度高过一切，黄引领了这个季节。这个季节是秋天，而秋风藏得很深，偶尔在枝叶中飘过，便会有几片或者零星点缀的黄叶，有韵律地飘落下去。我看着这一大片树叶，阳光正用它的热情洒在金黄之上，叶在光感里辉煌了起来，这个时候还有什么能比得上这样的光与金色的融合吗？好美的金色，像时间老人热烈的绸带，我想舞动秋色，踩着三三两两的音乐，轻歌或者曼舞，树叶知秋呀，谁说秋叶的飘萧条，那叶分明在舞蹈，像裙、像花，飘飘洒洒，舞过来、飘过去。

　　秋天来了，在黄叶的前面是绿，在黄叶的下面是深绿，在地上有嫩芽草绿。秋是丰富的，真实的，就因为是秋天，那黄的更黄，那绿的会更绿。春天夏天一片碧绿，只有秋色是层林尽染的。秋色是包容的，秋色中那叶是飞动的，那叶的飞动你看得到，就在你行走之间。有些树叶昨天还绿着呢，今天就黄了起来，在城市的柏油路上，车飞驶而过时，会带起一些黄叶，飘起又落下，黄叶在大地上多像一颗颗星星，多像立体的一块花布，那布真漂亮，我经常用画笔把它们收起来，有时我在众多的落叶中找几片完整的黄叶，轻轻夹在书页里。我经常在翻书时翻出去年的黄叶，那茎叶还完好地落在我眼前。很多时候，我们匆匆走过一条街道或者坐车走过好几条街道，我们忙于事物，忙于工作，而时光一直都在悄悄地逝去。到了秋天，我们一下清醒了过来，是因为我们的视觉很敏感，那绿色的叶一瞬间转黄了，之后，我们看到的是飘落。落叶总是要归根的，我理解的根应该是大地的根，很多树叶在飘落的时候并不是落在自己的根上，那些树叶总是借着风儿飘，有的借着人，借着车，能飘到很远很远的地方，我相信在书页里夹上黄叶或者红叶的人也很多！还有一些好的黄叶会让人捡起来做成装饰品。那么当秋叶落尽，漫天雪花时，我们依然可以看到那些精美的秋叶。每一片叶片都有它自己的成长故事，每一片叶片都带着故乡泥土的气息，带着那一年的阳光，还带着柔美浪漫的色彩。

黄叶知秋呀！黄叶的气质远不止这些呢，有情的人，在秋叶来临时，总是会驻足观望。

在秋色里，我喜欢四处走走，我知道远山苍茫，近峰苍翠的胸怀之中，黄叶似花发，点缀在山峰之上。有了黄，有了红，有了紫的山峰更加绚丽多彩了。山峰在云里，在霞光里，那些美景，从视线里展现，我总是会在心中轻轻地说，祖国的山河好美！

我总是在秋色里思索一下，秋天的正午，在阳光下，最适合坐在长椅上晒太阳，与朋友叙叙旧，阳光里的辉煌一点都不俗气，况且那阳光一点都不燥热，是平静而美丽的，这时候你说话，你哼着小曲，在阳光下，几片黄叶慢慢飘落下去，有时一片黄叶飘在你眼前，你身上。于是你也在心中有了一层淡淡的忧伤，你会首先想到自己的家里，家里的老人，正如这秋色的辉煌，但时光真的难留呀，于是我们更加要珍惜生活，珍惜这分分秒秒的现实。来年秋天，我再留下一片或两片秋叶，那么，一年年一年年过去，我们书页就丰富起来了。

# 沙枣花

　　在北一路的一栋住宅楼前，一个小女孩深深地吸了一口气，而后缓缓呼出去，她说好香，是沙枣花的香味。我也下意识地深深吸了一口气，而后缓缓呼出去，是的，好香，沙枣花的香味很浓，弥散在五月的石河子。

　　在石河子，从三月后一直有花开放，先是榆叶梅，后是李子树、海棠果树，苹果树、桃树……这些都开过了，现在都结果了，五月初，唯有沙枣花开得迟，如若不是扑鼻而来的香味，让你很难察觉到沙枣花开了。在这样的季节，很少有人能在不经意时念着沙枣花，可是沙枣花总是不急不火的，它用平静对待生活，用花香告诉人们，我开放了！我可以顺着感觉向前走，走到思想的深处，其实沙枣花一直在我们周围，在一些较大的树下，在干旱少水的地方，在扛风沙、土质不好的地方生存。而城市的一些老房子前，总会有两株沙枣树，因为生得矮小，树上有刺，大多数时间没有人在意它的存在，沙枣树如若在土质好的地方，往往长得好看，树枝光滑，饱满，树叶密而修长，叶面上像浸了银的粉末。

　　沙枣花总是在不经意间开放，如若树稍高些，你仰头，只能看到一些小小的黑点，就算你知道那就是沙枣花，但看不清楚金黄的颜色。那花太小，容不得看一眼就下结论。你必须跳起来，揪住一簇沙枣花，放在手中，放在眼前，才会清楚地看到，这细小如菜籽的花朵。当你的手触到沙枣花，即使你放下沙枣花，你的手上也一定有沙枣花浓香的味道。这味道在你手上留下的时间很长。我喜欢沙枣花在无声之中酝酿的浓香，喜欢沙枣花用花香证明自己的顽强与存在。当沙枣花开放时，我的思想总想往远处走走，也想往高处飞飞。家乡的田地里，干旱区域都种有沙枣树。每年春天过后，进入夏季，男孩的手中总爱举着一枝沙枣花，而女孩的铅笔盒里总会压着几朵沙枣花。男孩爬树利索，不怕沙枣树上的刺，上树摘几枝开得好的沙枣花，送给姐姐妹妹，当然也忘不了送给女同学，送给自己喜欢的女孩。当男孩上大学走出去，得到沙枣花的女孩却早已在心中记下了男孩，记下了沙枣花的浓香。女孩每到五月就习惯了在窗前的花瓶里插上几枝沙枣花，沙枣花依然默默地散发着浓香，透出回忆的气息，女孩都20多岁了，有时还会轻轻念叨，沙枣花就是香呀……

　　五月的天空是蔚蓝的。五月时，在干净的石河子市区，人是繁多的，透过树木，透过楼与楼的间隙，几许风轻轻吹来，人有些凉快了，在城里待惯的人不觉得拥挤，也不觉得烦恼，很多人都在忙碌着，尤其五月，正是谋事、做事的好季节，而花呢？就不会有人去注意，就算有，大多也在周末，在公园里看景赏花，不会有人专门去看沙枣花。沙枣花虽然没有人注意，很少有人想起来，但它努力地用幽香告诉人们，我盛开了，我把芳香留给天空送给你。

　　这个季节让我心动，我顺着思想的路，顺着花香，在楼前走来穿去。我看到了两棵沙枣树，沙枣树上的小花很密，枝叶也很紧密，银色的长叶中，藏着小小花朵，来到树前，那浓浓的幽香扩散在周围，我在树下，轻易地将一枝沙枣花，接近鼻子闻了起来。我知道这就是沙枣蜜的味道，我下意识地把几朵沙枣花放进嘴里，慢慢嚼，是沙枣蜜的味道，虽在口中，却留在思想的书页里，在这个夏季又夹了一些沙枣花，沙枣花真是香，如若你的书页里夹了沙枣花，现在可以打开那本书，不管过去多少年，那沙枣花一定还会有淡淡的花香，停止生长的沙枣花，总把生命的辉煌留在花香中，把季节的记忆用花香点亮。

这楼前的沙枣花，在肥沃的土地上，长得很好，叶片大而均匀，花开得也很多。我小心地折了一小枝花，看着眼前的小花，我舍不得把它送人。我拿上这枝沙枣花往家走，我要把它插在花瓶里，把其中的几朵完整地夹在我新出版的书里，让书中有一段段文字散发幽香，让我的书在时光中把汗水，欢乐、痛苦一一展现……

五月了，女儿紫微快 3 岁了，我要带她看看沙枣花的样子，让她闻一闻沙枣花的香味。这香味我在 30 年前就闻过，到如今我一直没有忘记。这小小的花朵，在我心中很重，牵着我的思想和亲人，我知道父亲栽种过沙枣树，母亲整修过沙枣树，爷爷的沙枣树结了沙枣，给我摘回来的沙枣又大又甜，沙枣花落后，沙枣就结果子了。

沙枣花在思想的深处生根，在花瓶中插上一枝沙枣花，让家增添了美感与清秀，这不起眼的小花，夹在书页里，总能留住一段美好的记忆，让平淡的生活香如花朵……

# 席地而卧

　　我在去喀什的火车上，看到一个美国游客就坐在车厢的拐角处，想着这地上有无数人的脚踩踏过，就会在心中感觉到这座位下的空地好脏。当我想着脏的时候，就发现所有的车厢都是满座的，有些座位上还挤了超过定员的人。这样的时候，我才感到席地而坐其实挺好，车厢的这个角落挺大，平躺2个人都不会有问题。那个美国女人叫露丝，会说一些中国话，在说话的时候，她就习惯地伏在自己的行李上，她的个头看起来很高，现在她可以自由地伸展身体，这比那些没有座位的人舒服，有座位的人只可以坐着，保持一个姿势，而平躺不可能，看来想要让自己舒服，就不能怕脏，不能用世俗的眼光看问题。席地而卧恰恰能反映一个人的大度，露丝悠闲地伏卧在地板上，很轻松地说话，而她绝不是一个邋遢的人，她的上身穿一件很随意的休闲上衣，衣服纯白，无一点油渍，下身穿一条牛仔裤，很干净的裤子，没有一点泥或污物，可以断定，这女人很爱干净。

　　车厢里没座位的人很多，但他们都选择站或者坐在自己的行李上，很少有人这样席地而卧。几分钟后，我见到一个中国大学生用不流利的英语与露丝对话，露丝很利落地说些英语，我是听不大懂的。其实她们的谈话也是关于英语语法的，刚开始大学生还不习惯坐在地上，但她们说得高兴时，就坐在了一起，坐在地上挺好，地方大，不拥挤，谈心说笑也很流畅，有时还让我觉得，坐在地上比座位上更好，我竟也想找一个角落卧下去。我以前在草原上成长，在我23岁之前，我特别习惯在青青的草地上躺下、平卧，嘴角叼一根青草，而现在，我进入城市后就少了许多与大地接触的机会，席地而卧有时会让自己觉得真实。其实，人如若要走，什么都带不走的，房子、车子、土地、花草，你能带走什么呢？只有大地才是真实的，坐在大地上，坐在最底层，或者说是那种别人踩踏过的地方，那地方最结实，最真实，如若你要拥有一块土地，就算很好了，你可以坐坐，或者平躺，就像露丝一样有一小块地就能满足；如若有一块大的土地，除了卧在草地上，你可以在草地上走走，跑一跑也是可以的，累了躺在草地上，口中衔一根青草，满足地享受一下热烈的阳光，多好呀。

露丝是这样的，她没有怨言，没有发愁，她的笑容在那个角落很温和，没过多长时间，她的周围就被几个年青人围住了，一些人不由自主地也坐在那个角落的地下，那个角落从脏暗，从灰色开始亮了起来，语言谈心在那儿飘动。露丝有时坐起来，有时又卧在行李上，看来她知道如何让自己舒服，让自己更真实些……

我从这里得到了肯定，我们要学会享受生活，但也要学会利用什么都没有的土地，只要我们拥有一片土地，就可以休息，就可以席地而卧。席地而卧之后，我们可以恢复体力，可以更好地前进，没有座位的游客一样可以感到开心，那就要看看我们是否够大度，是否能放下架子。

# 野 草

　　这一次看见这些随意生长的野草，让我不能小视它们的存在。在乌鲁木齐楼挨着楼的地方，我更能体会野草的状态。那些暂时不开发的地段，那些新楼区背面的崎岖地段，都能生出自然丰韵的野草。在阳光下，野草有自己的样子，有成片的叶子，高低不平的地段，正好将野草自然地呈现在那里。看着这些野草，我就想着那些自然生长的绿，那些自由开花结果的野草，坚强的野草，自然美丽的野草，出生平淡、在磨难中，随着分分秒秒成长的野草……

　　在我近前的野草长得丰硕，只是没有雨水的冲刷，叶子上落了一层灰尘，这些尘埃并不能阻碍它们，草根处看不到一点水的印痕，看来野草是靠自己寻得水源，用自己抗旱的精神成长着。是的，在城里我们惯用滴灌水渠浇灌人工栽种的花草树木，那些花草树木很幸福，不用担心水源，也不用发愁土地是否肥沃，幸福始终跟随它们，春天有人松土、上肥，夏日炎炎有人把水浇来，冬天种草种花的人们会把这些花草移入温室。

　　我更喜欢野草生得坚毅，活得洒脱。当春天来临，大地的冰雪还未融尽，野草已将淡淡的绿顶出土地。那绿在冰雪下，伸出手要与春天拥抱，冰雪也阻挡不了它们热情的生命。春风里，绿苏醒的时候，梦将成真，生命在顽强的抗争中，用意念成长，走向美好的时刻。那些被放弃的土地，那些没有人欣赏、没有动物踩过的地方，都会生出野草。野草的誓言很简单，那就是活好每一分，每一秒，不管春天的风雨多狂，不管野草落地的地方多贫瘠，它都会在那里扎根，向生命挑战，向着阳光。土地贫瘠到极限时，野草会长得缓慢些，会因为要保住生命而生得矮小些。但它们决不会轻易地放弃生命。有些野草在水源极缺的情况下，会把生命缩短，用自己全身的营养，在很短的时间里结出果实。我知道那些野草，如果在肥沃的土地上，它们会到秋天，或者快入冬时才结果实，但为了下一代能寻到更好的机会，它们才用自己短暂的生命结出新的希望。

　　我常常避开人工栽种的草地，寻到一片杂乱无章的野草。当我看到一株苦豆子，歪斜着身子，从一块大石头下伸出头，我便不再走动，蹲下身，看着这棵野草。它长得明显低矮，再看它周围的苦豆子，在盛夏已结出了苦豆子，最晚的也已开花，而这棵苦豆子，生得本身就不容易，能保住生命已是奇迹。我知道石头正压在这棵野草身上，我用手搬开这块石头，我被眼前的景象惊呆了。原来这棵野草被石头压着的地方，呈现的是长长的一条用自己柔嫩的身体钻出的路，这条生命的路，在石头下面用自己的根须抗争过来，承受的委屈和压力显而易见。我相信幸福与更巨大的快乐皆来自经历磨难之后。如果野草的一切都幸福，如果人们都一帆风顺，那么就对比不出幸福和要如何去争取幸福了。眼前的野草虽然长得晚些，但在它生命的背后，我们往往会发现巨大的哲理。这个哲理让我懂得，野草生得贫贱，但在贫贱中，它们一样要靠自己去抗争，靠自己，而不是靠别人。

　　不知为什么，在我心中，常常生有一片野草！当城市的高楼被推倒，那些建筑垃圾还没运完时，我就惦念着，那里果真在很短的时间里就长出了野草。如果土地肥沃的地方，野草就会长得茂盛、热情。我去看它们。我喜欢野草用无声的语言抗争。当你在野草里看到一些小花，不要小看它们，那是它们一路走来，用生命贡献出的音乐。你可以小心地用手摘了，插在你的鬓发上，美化你的黑发，让那一片幽香淡淡地飘洒，让一朵野花离开土地，升华在人的心灵之上。

在城里待久的人们，被人工栽种的块状、圆形、条状花草束缚了眼睛，看不到自然，看不到野草、真山、云海。因而在节假日中，往往要去野地，山水之间，享受大自然。我最喜欢在山野之间，让豪气长成翅膀，让压抑的心在大自然中放飞，让山峰走进心里，让野草抚摩我的身体。我要躺在成长的野草上，让背感受那种轻松的草地。山野能养人的眼，山野能陶醉每一个来游玩的人，让他们在草地上散心，看看蝴蝶飞飞落落，看天看云，看得大自然停留在心中。小孩在草地上疯狂追逐，女孩的手中总不忘用山花聚成美好的花束。你看那些平时单调、没有生机的人，在山野之间笑声朗朗，姿态在镜头里，风情万种。我在山野之中，更加关心野草的状态。我发现山野之中的野草最幸福，山野之处往往植被丰富，土壤肥美，生长的野草，不光是为了追求生命，而是因为它们，山更碧绿、优美了。成片的山药开出了大量的紫红色花朵，山上的花不知名的很多，那些一片粉红，一片黄色的花，在山野之上，生得博大、娇美，但决无一丝做作，我真想变成一只蜂蝶，在山花间飞舞，让时光定格。

野草让我时刻不能忘记家乡。家乡"达因苏"意为美丽的草原。家乡的门前就是一片不知道多少年前留下的草原。春天雪融过，它就发芽，之后长出丰厚的野草，再之后开花，结果。我习惯了在草地上走路，春天刚过，我习惯光脚踩在嫩嫩的绿草地上，习惯了在绿草间寻几朵蘑菇，习惯了躺在绿地上看书、唱歌，梳理思想，也习惯了近距离寻到草根处的小蚂蚁、小虫子，看那些认识的但叫不出名字的虫子。

如今我已步入城市，在我周围是钢筋水泥建成的高楼，是宽广的水泥路面，也能看到绿地，但那都是人工栽种的草地。我知道它们与野草不同，但我也不反感它们，因为绿色是和平的颜色，绿能让我安下心来，也能让我想起野草。在我疲惫的时候，看看这些绿色，可以缓解一下压力。

我知道自己心中有一片野草。我有时把自己向野草靠近，我想野草虽然没有人管，但野草靠自己不断地成长起来，多好！如果每一个人都能像野草一样不怕风吹雨打，不怕突如其来的伤害，那么一定能闯出一片属于自己的天地。

野草，野草！今夜我用笔书写野草的精神，用心感受生命的伟大，用行动实现自己的理想。我知道那很遥远，只要生命不息，路一定是要走的……

# 雪　花

　　走在街上，绕过一条小路，看到雪花飘得缓慢。冬天来临了，我知道先是雨，后是雪，雨在这雪花的前面，雨落着落着就幻化成了雪花……

　　其实一切季节都是难分难舍的，秋的叶落尽了，雨过了，雪花就会走来，在雪与雨的交织里，雪花最终扬扬洒洒地飘来。我是喜欢雪的，不光因为它洁白，它飘落的姿态多美呀，我常常会不由得站在雪花中远望，其实望不远，因为视线里满是雪花。飘落的雪花，在微风里一点都不张扬，视线里的树影、人影都是模糊的，一切都是那么含蓄，这是我喜欢的样子，不张扬，不猛烈。雪花很大，鹅毛样的，在近前，我看到雪花落在道路上，一转眼就融化了，我的心在问雪花，雪花落到哪里去了呀？有一些雪花轻轻地落在我的头发上，落在眉毛与我张望的脸上，我仰起头，这是我的习惯动作，雪花落在脸上，软软的，带着一丝凉意，我知道雪花落在脸上就融化了。雪花的尽头是一片苍茫，我要远望，我望见远处、更远处的雪花里，是母亲与父亲渐老的脸庞，是爷爷多年前在雪花里走去，多少年了都没有走回来的样子。

　　我在北一路的一条街道旁站立，我看到雪花里的楼房，看到人渐渐融入雪花，直到一片模糊。一个老人站在离我不远的地方，像是在等人。我想到了母亲。小时候，我如若放学回家晚了，母亲就在自家门口等我，雪花飘落下去，将母亲装点成了一个雪人。当我从密密的雪花中望见母亲，我就会喊叫，跳跃着奔过去，母亲总是小心地捉着我的小手，领着我在雪花中往家走。眼前的这位老人在等谁呢？我没去问，我站在那里看她，她也发现了我，我不知道她是在等自己的孩子还是等谁，但我在这个时候真的特别想母亲。我长大了，30多岁的人，但我心中一直在喊，妈妈、爸爸，你们在等我吧！雪花在微风中斜斜地飘着，我努力想着雪花该把大地染白了吧！可是脚下的土地依然黑色一片，雪花落了就化，真的好神奇啊！看来，冬天的到来也要经历许多无声的磨难，脚下的雪花落多了，融了，就变成水了，我更加喜欢这样的雪花了，美丽地飘，美丽的瞬间又融去了。其实最美的事物都很难留住，爱人清秀的脸庞，美丽的长发，从一个女孩转成一个女人，一个背着孩子，做着家务，嘴里唱着儿歌，累了打着呼噜的女人。明亮的眸子不明亮了，长发也不飘了，但是生活的担子她挑起来了，一家人的饭菜、孩子的吃穿、工作的压力她都扛起来了。在这样的时刻，我想念家乡，想念与兄弟姐妹一起做的游戏，一起追逐，一起捉迷藏，最终因为岁月的逝去，我们长大了，各奔东西了，现在要见一面都好难的。那个老人依然在路边站着，等待着什么，我想，如果她是我的母亲多好，我可以站过去，拥抱她，而我知道，母亲现在在"达因苏"，那个美丽的小山村，那个扬起雪花，把小屋装点成雪蘑菇的地方。

　　我在石河子工作十多年了，眼前这条路是三年前才修的，以前的这个路，是弯曲的土路，路面高低不平，雨天泥水乱流，而现在这路平整干净，水泥做地面，任雨水、雪水融开，也不会有泥土翻起来，眼前的雪花一点不减少，落下去融化着，地面依然是干净的，下雪的时候天是一点都不冷的，在雪化中我不需要努力地思考，一切都来得那么真实，所有的经历或事物在脑海中演绎，我喜欢在这样动感的雪花里享受回忆。

我在雪花中开始向前走动，转过这条新路，走向二医院的那条宽路。那条路有高大的榆树，在冬天榆树更稠密，即使掉了树叶，也能轻易地接住飘落的雪花，榆树上的雪花把树装点得很好，我在大树间走着，雪花从树枝间依然可以飘落下来，但不那么稠密了，我知道母亲在两个月前去二医院治过病，母亲走过的路，我现在正在走，母亲走路的样子就在我的眼里。我慢慢地走，不愿意走快，我想让这种感觉停留。

雪花雪花飘满天/我的雪花在梦中/我用双手捧着你/用眼睛送你/用在生活中不断前进的脚步走向你/从秋风的衣角里/用彩笔绘出满天的雪花/用声音喊叫，妈妈/在雪花中，扬起飘起的衣襟/在长发里，在温暖的怀抱里/我用疲惫的身躯，躺在母亲的身边/我的雪花印在心中/我的雪花在茫茫苍海里/那么等待我的人呀/就在我心中……

# 父亲也流泪

　　父亲是一个地地道道的农民，有一副强健的身板，是出了名的种地好手。当我渐渐长大，我便模仿父亲的样子生活，可我不行，走路我不行，我太瘦，走起路来轻飘；模仿他说话更不行，我的语言太不利落。想去地里跟父亲一起施展我的所谓男子汉的气力，结果累得直喘气。我气急！我咬牙挺着干。但每每偷偷看父亲，他总是不紧不慢地翻地、平地。土地就在他的脚下变得平整好看，而我的脚下是一片高低不平，似乎怎么弄也整不平的土地。3 个小时后，我的手上就起了好几个血泡。这时我不敢看父亲，也不敢说手痛，我希望自己赶快长大，能很快地翻地、平地，希望我翻的地更平整。但那只是幻想，其实我的手更痛了，但父亲依旧精力旺盛。从他圆鼓鼓的还来回移动的臂肌、胸肌上，从流了汗更像雕塑的躯体上，我就能发现，即使父亲不吃午饭，一口气也能干到晚上。我不想再比什么，也不想再施展我所谓的男子汉气力，我恨自己，为什么这么瘦小。现在只要一动就手痛！我几乎要流泪，一是为手痛，二是因为我比不上父亲，我不是也长高了吗？上星期在班里扳手劲我还是第一名呢！正想着，就听父亲冷冷地说了句，今天早点儿收工回家吧！我心中一阵感激，拿了铁锹就走。当我走出去百十来米时，发现父亲正在我干过的那片地上平整土地。我的尊严一下像是从黑夜里抛在阳光下，心中气极了，狠狠地说道："有什么了不起，不就是地挖得好吗！看不上我干的活，以后我再不来了。"

父亲是农民，农民就得每天与土地打交道。父亲总是忙忙碌碌，早晨一起床伸一下懒腰就走。麦收时一连10多天见不到父亲。父亲常穿一身绿色的服装，那是以前兵团人的军装，只是穿旧了颜色褪了不少，衣服袖口开裂了，肘底部也破有2个洞，这些在父亲看来已不是重要之事，他得与时光较量。收麦在我们那里是唯一有收入的工作，对于一个农民来说，麦子成长的好坏就决定一家人一年的幸福与痛苦。如果谁家因为丰收了而麦子没收回来或者偷懒该收的没收回来，大家就会说"造孽"。对于造孽，我想那是农民气极了才说的话。而我大多是在父亲繁忙时悄悄躲在被窝里假装睡觉，或者干脆拿本语文或者代数什么的书本，装模做样，等父亲一出家门，我就起床跑到河边捉鱼或者玩水。

那一年听说土地要承包了，在连队里这件事热炸了锅，连队里还来了师级领导，大作报告。那声音很振奋，很有力量，通过大喇叭传播到了连队里的每一个地方。那时我正在河边捉鱼，可这声音让我觉得出了大事，像是要改变什么的大事，我屏住呼吸小心地听，其实这声音我完全可以听清楚，这时我就想到了父亲，我听到最多的是"包产到户"，我就在琢磨这句我从没听过的话。

3天后父亲一脸兴奋地回到家中，破例要求做捞面条，而且要打鸡蛋做汤菜，那是父亲最爱吃的饭。父亲依旧很忙，土地承包后家中劳力不够用，做儿子的我只好去地里干活，开沟引水浇地，一到中午太阳热得刺人，麦地里的麦子还未长高，即便长高也不可能长成树一般高，而承受阳光就是我的必修课了。刚开始我戴草帽，草帽檐挺大，可以挡住阳光，但气温高头发里的汗很快就淌满全脸，不得已取下草帽抛在一边，一下子觉得不那么热了，再看父亲才明白他从不戴草帽，但父亲每到种麦、浇水、收麦时节必定让阳光晒得黝黑黝黑的。当我在田地里干活时，我总要抽时间想想自己，其实农忙时，根本没有自己，农人们丢了家，丢了孩子，一天到晚地在田里忙，我想我已不是孩子了，我得有自己的空间，但我的空间时常被父亲的计划打乱。比如我在假期想去郊游，去写生，去同学家玩，特别是离我家不远的地方有一个女孩，小我一年级，她长得好看，个也高，同学们都说她美，大人也竖起拇指说这女娃是个好苗子，我也想与她交往。但我得找机会，女孩是很愿意与男孩交朋友的，我若不去，别人也会去……就这样，一个暑假我都忙在了地里，开学时我发现自己也有肌肉了，虽然脸黑点，但比以前更有劲了。

这年秋收时，父亲、母亲累瘦了，但笑容却时时挂在脸上，我知道家中承包的土地丰收了。听母亲说，这一年的收入是以前3年的收入，我心里并不高兴，我知道这是父亲汗珠子摔了八瓣，辛苦挣来的钱，但钱对一个农民家庭真的很重要。冬天闲时，农民们就打牌，或者吹牛侃大山，父亲不健谈，但每到吃饭时，都能慢悠悠地讲些过去在山东老家的真人真事，有时说到动情处，还要叹几口气。而每每此时，我都在想那一定是真事，比如爸爸曾经有个妹妹，但因为过去家里穷吃不饱饭，后来得了病没钱治，就挺着，想着过一阵就会好，结果死了！但父亲硬是没有掉下一滴眼泪，我想这样的事父亲为什么不掉泪呢？还有我奶奶去世时我哭得很伤心，而父亲只是默默地蹲在那里，疯狂地吸烟，并没掉一滴眼泪，难道父亲不会流泪？

父亲是个硬汉，有一年父亲闪了腰，痛得汗珠子直冒，母亲急得嘴上火，起了满口的小泡，并轻轻地抽泣，而父亲却宽起母亲的心，没事！脑袋掉了不就碗大个疤吗？为了让家里日子过得好些，1992年父亲又养了些羊，那时我们兄弟几个干的活就更多了，种地、打草、修羊圈、挖羊粪等都是力气活，我们都干过，记得第一次挖羊圈、挑羊粪时，肩压得太痛，左肩换右肩，右肩又换左肩，两个肩都痛得不行，也只好咬着牙干。等天黑时，脱了衣服就发现两肩红肿，手一碰就痛，于是我下决心好好学习，我得学会逃避，但就在这段时间我又发现，我比别的孩子能吃苦，在学校每次的田间劳动中，我总是很突出，学习成绩也很快上去了，我发现我的思路敏捷，说话声音也很洪亮，而且我也最喜欢吃捞面条，一顿能吃两大碗。为了打开我自己的天地，我经常拿新学的知识打搅父亲，父亲听不懂时也不问，只是从他的脸上，我可以感到他很无奈，有时他想躲着我，我就感到自豪，我想我终于有比过父亲的地方了，过了不多久，我发现父亲订了一些报纸，每天都认真地看报学习，有时还拿了笔记录下来！

1993 年秋收时，我正忙着帮家里将收好的麦子装车运走，父亲将一袋麦子怎么也扛不到肩上，我去帮他，他一把将我推出老远，而后他蹲在地上哭了，我们三个儿子谁也不敢过去劝他，这时我才发现父亲的身板大不如从前了。脸上的皱纹纵横交错，那一张老脸已没有了从前的光彩，而且头上已是花白一片了。父亲老了，他不得不屈服于岁数，看来年岁真的很厉害，促进了我们的成长，又悄无声息地让父亲变老了。

自此父亲不得已完全放弃了种地，但我看得出他最喜欢田地，因为他有一个毛病，经常不自觉地走到麦田里，走到油菜地里，总之春天到冬天，都去田里转转，父亲忙着看报学习，开始了新的工作，当他放弃种地之后，就一心投入到养牛、养羊的行列中。父亲养的羊体健，个大，壮实，父亲养的牛牛毛光亮，胃口特好。我时常去问父亲，你养的牛羊为什么这么好？他总能说出许多养牛育羊的知识，我对父亲由最初的不服到嫉妒，到现在的佩服。那是一个很长的过程。

但我更多的时候还是在想父亲那次的痛苦，那是我唯一见到的一次他流泪，我一遍一遍地想，父亲比母亲做的好些事更能让人感动，如今我走在城市里，城市高大的建筑，热闹的人群，快节奏的生活，一次次淹没了我的思想、生活，但脑海中时常浮现父亲的身影。父亲，一个真正的农民，在他的一生中土地就是他的生命。不能从事自己心爱的事业，才是最痛苦的，痛苦得让父亲这种硬朗的汉子弯腰、落泪。

第三辑

## 人间情暖

# 秋日思语

　　夏与秋握别的时候，我没看到，我只是从日历上看到秋天到来了。我看到瓜果密集地布满了城市的大街小巷，我听到了吆喝声，在家附近的菜市场里，无论蔬菜、水果、肉食都繁多地摆在那里。

　　几场雨之后，天开始冷了，我想着父母体弱，该不会着凉吧，想着孩子要加衣服了，想着小鸟在雨中如若没找到躲雨的地方会淋坏了身体。而树木、绿地在风中总是那样美丽。我是喜欢小鸟的，在风和日丽的正午，你如若躺在绿地上，鸟的叫声断断续续，像梦的呓语。阳光下我将眼睛眯成一条缝，把阳光拉成长丝，我愿意在这样的时候，聆听天空、大地、树林传来的声音。大地是宽广的，厚实的，我总是在阳光的尽头想着家乡的土地，想着牧羊人如何用长调在秋天喊出羊群，喊出落日。树木草地在秋日里密集地用绿装点城市。

　　我常常站在一条街的尽头，任风抚弄我的黑发，我知道那些沉重的思想会变成一些刺骨的风雨，冰冷地传进肌肤，我知道这个秋季依然会有伤痛。当我猛得转身，我看到秋日的暖阳依然挂在天空。"秋日思语"，我想那雨是如何情意绵绵，如何细细密密地洒落，草叶依然密集地托在大地之上。秋日里，我更愿意与绿地融在一起。绿地上有鲜花开放，把时光留住吧！

　　这个秋天悄悄地来了，我看到树叶还没转黄，绿叶在风中飘落。我需要休息，需要静下来，任风吹过，任鸟鸣散开。我的思想并不深远，我起身，我走动，或者奔跑，都会有一个动力。我知道我的动力在何方。秋是静思的季节，我愿意看着阳光的微笑，愿意在阳光花园里，做一次游戏。生活是单纯的吗？生活是繁杂的吗？生活在季节里像时针，一点点往前走，仅仅一个秋季，我已触摸了太多言语、思想。我有时来不及在秋日里思索，梳理思想，但我还是愿意思考的，即使老去 10 年，我也愿意在白发与黑发交织中，聆听历史，聆听伤悲，聆听雷、电、狂风。我也相信，生活从来就是这样，暴雨之后阳光一定会来。

　　我还是想去大自然。

　　秋日思语，带给我的是更多的思考，我喜欢在阳光下闭目养神，聆听秋的声音……

# 秋色正浓

　　在河边，水依然悠悠地流移，水波荡起阳光的金波，小河、溪流总得有个方向而去，在弯弯曲曲的路途中，留下美好的身影。

　　河边的杨柳，已是金色的样子，众多的植被在水波的招引下，变成绿的、黄的、紫的。还有火红样的燃起的"圣火"，而这火不跳跃也不跑，它虽然张扬，但它能燃起你对生活的热情。

　　几场秋雨之后，叶纷纷拥挤在枝头，群叶里往往藏着沉甸甸的果实。小松鼠欢快地从这棵松树窜向那棵松树，从它轻松、从容的身影中，可以感到果实使它精神焕发。深秋了，叶壮实的样子，更让人留恋。一串串葡萄就像一串串紫色的梦，吃一颗葡萄更让心儿甜甜，让心儿充满笑意。街道上车来人往，数十种果实，在深秋的日子里散发着迷人的香味。深秋了，这丰富多彩的水果，这丰富多彩的叶片，这繁华的都市。少女们的长发依然飘逸，她们穿着丰富多彩的时装，喜悦的笑容飘过她们的脸庞。老者正迎着朝阳锻炼身体，和着晚霞跳一段迪斯科。

　　行走在街上，有秋风徐徐吹来，驻立街心，看车来人往，这活跃的城市，在深秋里并不呆滞，而这一切更加活跃了。天渐渐冷了，叶片灿烂了起来。

　　深秋是老者的形象，是智慧的结晶，是果实成熟丰收的日子。棉花丰收了，油菜丰收了，这丰丰厚厚的日子，承载着农人热烈的笑容，而果实的颜色从来都是笑容的颜色。

深秋了，孩子们高兴了，去公园玩玩，在颜色丰富的背景中照几张照片，风景美，孩子的笑容更美。深秋不再是一片碧绿，深秋不再单薄，深秋总给你丰富的联想，给你赞美的空间，你怎能不幸福，你又怎能不陶醉？

深秋在田野里放歌，花落了，叶落了，拖拉机耕过田野，黑黝黝的土地又露出了笑脸，叶落了，根壮了，来年丰收有望了。鸟的羽翼多丰满呀，大雁一行行飞向南方。然而当我低头慢走，扒开树叶时，地下的小草正嫩嫩地长起，它是那样年轻，那样碧绿。在这样的时刻谁还感受不到生命的力量呢？谁还对这丰富多彩的颜色无动于衷呢？我想不用说，不用找，它们就在我们眼前，就在我们的生命里。

一串糖葫芦红艳艳的，代表喜庆，一只香梨代表生活的香甜，棉花代表洁白、代表温暖、代表农民伯伯的汗水。我在城市里寻找，繁华的城市五光十色，我在田野里寻找秋的色彩，像音节一样跳动走向远方，就连微风中都有季节的颜色。

# 十指相扣

　　我见过很多十指相扣的恋人，自己也曾经与爱人十指相扣。在匆忙的生活中，一晃十几年过去了，我对于十指相扣似乎感到有些陌生，或者说体验得少了，也就不在意。这次我去乌市办事，在我即将瞌睡时，见到一男一女一坐上车就十指相扣在一起。

　　这个春天本身来得很迟，快五月了，还时不时下着雪，那雪让人心情烦燥，心中总充满了火药味。在这个时候去办事也好，可以让飞动的车轮带我去远行。在车上，年轻人就坐在我面前，他们的手一直未松开，当车开出车站，窗外的景就变得飞动起来了，车站的人划了过去，我看到送亲人的人在挥手，才挥了两下，那人就看不见了……车向前走，乌市的高楼划过去了，树林，广告板，高大的路灯，包括你正在看到的一切事物都在分分秒秒中划过去，那些东西是多么熟悉，但在几秒之中，就只能记在记忆里了。有多少事物，多少人能在心中停驻，有多少情感可以不被现实拉开，或者划过去，距离有时真的特别吓人。想起那个夏季我在北五路的街道旁，看着我的诗友，送走他的女友，之后是电话联系，再之后就失去了联系……我说，追过去！可是过去了的事物，再追回来好难的。他追过去了，追回了一肚子的怨念。爱生恨，恨生泪，也不知多少个夜晚，多少次泪眼湿枕，这远离真的让人无奈，又无处生怨，直到想到不想，恨到不恨，爱到不爱。

车向前驶去，我望窗外，望见心灵深处一双双眼睛，望见渴望见到爱人的焦灼的身影。为何要这样，我常常问自己，既然有情为何又要远离，为何爱而不能在一起，现实往往冲散了那些相爱的人，冲走了相望的岸角，冲走了时光，有时来不及到达彼岸，相爱之人已失去了方向。我们常常感叹，有时在心中呼唤，爱为何这么难呀，我不愿意听那句"我们只在乎曾经，不在乎永久"。爱不就是应该永久吗，爱还要经受什么考验？不知道为什么，我就这样关注这一对年轻人。

眼前的这一对恋人，他们深情相望，他们窃窃私语，他们相吻，气息悠长，表情幸福。我知道这美就像花一样正在盛开，我真不希望它们飘落。他们的手一直相扣，是我为之感动的状态。我也学着握紧手，我知道我想做到十指相扣很难的，好多年了我几乎没有感情的热度了，我忙于奔波，忙于工作学习，那些浪漫的事，与我几乎隔绝了。而我又多大呢，30 多岁，有时望一望镜子里的自己，胡子拉碴的，我不服岁月，不愿意岁月挤去我的热情。我需要阳光，需要鲜花在阳光下盛开，我要学着望一望爱人，与她十指相扣。

车飞驶而去，这样的时候，我更是觉得路总是在车轮下远离，天空、田野也一并而去，时光一点点被分解。我把车窗打开一条缝，风从窗外涌进，拂乱了我的头发，可我感到清爽，我知道车上的人都在打瞌睡，而我此时很清醒，我看着时光急去。2 小时之后，我们从乌市来到石河子。当车停下来，那对恋人起身，他们手还是相扣的。

他们下车了，走出车站的大门，我的目光不由得跟随他们。这个城市，我熟悉，我在这儿生活了快 10 年，而这一对恋人才踏上一片新的土地，我真希望他们一直相拥相爱，用勤劳改变自己的命运。十年之后，我希望他们还能十指相扣，那些情感，那些热情在心中永驻。他们走远，走远的背影我记下了。于是我的心热了一下，好多年了，真的，我不曾这样落泪，那泪水滴落在我手上。

离开车站，我发现又有雪花飘落下来，是那样缓慢。我轻轻地说，我知道什么叫爱，什么叫牵挂，而雪花什么也没听到，只顾自己轻轻地飘落，我的眼中又浮现出十指相扣的那对年轻人，不知此时他们去了何处。

# 水乡乌镇

在去乌镇的路上，风是飞扬的，飘起长发，风中有潮湿的气息，天是阴着的，阳光躲在灰色的云层里。乌镇地方不大，红瓦、黑瓦做屋顶的房子一路排开，看着翘首的屋檐，就想到这是一种文化，远古的气息。这里几乎没有高大的建筑，一些水塘，在底凹处，几只白色的鸭子在戏水，水波荡开。我看着墙角的青苔爬在青石上，用手一摸，绒绒的感觉。

在风中，我嗅到了水的气息，雨来得及时。这雨细细地下，雨中包容着灰色的旋律，我知道这种灰色是低沉的，但很优雅。雨过后又是风，古镇的神秘刚开始，却夹在风中。我们下车，步入那些干净、整洁的农家小院，木刻的墙上绘制的彩色图案让人眼前一亮，我知道色阶的韵律，看着小屋木檐，到处迷茫一片。

在乌镇，我在东栅区的石阶上，看着水中石桥的影子揉碎在水波之中，乌篷船，在河道中悠悠地驶过，船上一位老人熟练摇着船桨，船就在他手中向前驶去。小木船很是古旧，船上的漆色几乎掉光，那船与小镇很相融。也许是旧的素色的缘故，古镇的水中这些朴素的船，就像一个个历史的脚印，在水中走过。这样的小船，每船一般只坐 4 人，船头还可以坐 2 人，其实坐 2 人最好。船总是悠悠地划着，人在船上，看着水从眼前划过去。两边的房屋，房角屋檐做成雕花的样子，飞檐翘立如飞。老屋的木材多年之后显出了古朴。凭一叶小舟看古城风貌，划过历史的画卷。古城墙依然如故，老墙的木板在风雨中，将皱纹紧锁，一些木板开裂之处呈现出历史的古风。古桥连接着河道，河道上划进划出的水纹慢慢荡开。在河道里，乌篷船的侧影和船上游客的倒影洒在水面上，而后在水波中凝聚散开，倒影始终是晃动的。石桥映在水中，这个弧度很优美，白天，水中映着木屋的倒影，这些木屋，在水中形成高低有致的图像，水色之中，树木、垂柳点缀其中。我突然看到一片青竹，那竹叶呈青色，茂密地生长，叶过于密，我几乎分辨不出叶片。三两只鸟在竹叶里鸣叫，那声音在水乡的空气中传递，在这样的时刻，我感觉水色之中光彩点点。古老的屋檐下，河道中悠悠的水波，一叶叶小舟载着兴致正浓的游客，没有人说话，静静地看水，看水边的古镇。旧木板的木纹变幻中，仿佛有历史的印记，有一些文字深深地刻在屋正门的古板上。在水波之中，微风里，竹叶飘摇，那消瘦的竹叶，剪裁出了优雅的江南风景。这石阶，深深浅浅的巷子，有多少人走过，南国窈窕淑女，在乌镇的小船上，凭水色之中的水波，悠悠地荡去，轻鸣古曲，歌声悠扬。如若能邀明月，我在小舟上，举杯共饮美酒，如若能与乌镇的长发女子对饮一杯清茶，在白齿红唇的笑声里，几缕青丝，一段古乐，我愿陶醉在那样的风情里。一百年不多也不少，华发之中，犹觉风流，知少年，可笑也可叹，我正风华时，只身在北方，华发生落处，只身其中，感叹岁月少。从木屋里，我看到楼阁，看到木墙、木凳、木桌，一边是立体的，有着硬度的木屋，一边是古河道绕着古城墙，在水中生了根的古屋，千百年间从未长大。我顺着石桥走进古镇，那些丝绸，那些小吃，在每一个屋里摆放，做年糕的师傅，用木锤一下下砸在米糕上。

这里古墙上的丝绸色彩艳丽，我想用丝绸晕染出一片色彩。

在墨色之中勾画的江南古镇，深深浅浅，烟云之中，神秘的古镇等待你揭开面纱。我看着一幅荷花图，那荷叶碧绿，莲花淡淡地洒着粉红，多像少女的脸庞。我多想化作一丝风，轻轻拂过荷叶，拂过莲花的梦境。

# 塔里木河畔的梨园

　　阿拉尔建市了，阿拉尔肥沃的土地之上，仿佛一夜间长出了一片城市的天空。天空下有花园、宽街、绿树、高楼。在阿拉尔市有一个比阿拉尔建市更长久的塔里木农垦大学（今塔里木大学）。2008 年 7 月中旬，我从石河子坐车先到乌鲁木齐市，从乌市又倒车前往阿拉尔，路上车轮飞驶，经过 20 多个小时来到阿拉尔市。沿着平静的街道，慢悠悠地走过去，街道上有来往的行人，很少的车辆跑过去，这一切都显得疏朗、清静，看着宽广的街道，深远的天空，觉得这样的城市很有特点，视线不累，心也不累，眼前一目了然，干净不乱。

　　转了几个街口，来到塔里木大学门前。还未进入大学，先看到的是一片绿色的梨园，梨园中点缀着新建的教学楼房，这些楼房大多以白色和灰色墙面为主，在绿地之上，显得干净漂亮，是呀！6 年前这里还是一片绿草和一片梨树占据的地方，现在在梨树的园子里，松散地点缀着一幢幢新建的大学生使用楼。进入校园，心如学子，校园里的优雅我喜欢，这里的优雅和梨树相连，向前、向左、向右都可以看到硕果挂满枝头。近前的梨果你可清楚地看到，梨子多了就像无数的小灯笼挂在那里，可以在这里看梨果、看夏月，看平静的绿地。三三两两的学生，手捧书本在梨园里漫步，口中念念有词，读书之声在梨园中传播。梨树是最好的听众，梨园是塔里木大学里的卫士，是开满白色花瓣努力结出硕果的引导者。梨花盛开的时候，塔里木的风还冷得令人发抖，梨花盛开的时候，梨花迎着塔里木原野中的狂风。狂风过后会有沙土，沙土中坚强的梨花，从灰色的背景中绽放。

现在看不到风沙了，5 月后，阿拉尔的风沙就消失了。7 月校园绿色一片，校园的新水泥道路平整干净，梨树上的果实在微风中摇曳，当我走到一棵高大梨树下，我用目光抚摸这棵梨树，它光洁的树干，绿葱葱的叶子，下面一个个饱满梨果，像是在微笑。

这么多梨果有几个在我眼前，像是在炫耀，我上前摘下一个靠阳光面的梨果，来不及洗了，就轻轻咬了一口，这梨果很香甜。我知道这梨树在这里长了 30 多年了，30 年前塔里木大学还是一个以农学为主的大学。现在大学道路更宽广，学校更美丽，现代化设备也在这里发挥了作用。梨园里的学生，都微笑着在梨园里学习。

当夜来临时，有一抹淡淡的夕阳红，洒向梨园，我在这柔美的光感中看梨园，梨园中蕴藏厚重的美，蕴藏果实，也蕴藏我来回走动的身影。

塔里木的 7 月是热烈的，这样的时刻在梨树下静坐，可乘凉，可以看到小小的绿灯笼，在那里装饰树枝，树枝让硕果压弯的状态，让我想起弓背提水的老农。树叶间鸟的叫声传过，你可不费劲在跳动的树叶中看到几只小鸟，鸟语透过炎热的时光，细腻婉转好听，梨果沉静丰厚优美，我喜欢看梨果丰收的样子，喜欢看梨果熟透了轻轻落在地上，落在我的身旁。梨树下是一色的绿草，梨果落在上面，不会摔坏，这果子是学生喜欢的，是教师喜欢的，是学校美好思想的结晶。我喜欢梨树，喜欢梨花洁白盛开的样子。

# 雾都乌鲁木齐

　　记不清有多少回了，我从石河子或者别的城市乘车前往乌鲁木齐。还没到乌鲁木齐，路边的雾已从车子四面聚来。这白色的雾，不知从何而来，只是会让你的视线走失，只能看到近前的事物。

　　乌鲁木齐火车南站是我们这些人常去的地方，坐大巴、坐火车都得去那里。冬天，乌鲁木齐的雾也会聚在那里。我一直认为乌鲁木齐是一个发达、宽广的城，它雄伟而高大。然而这回我来到乌市，还没下车雾已从四面而来，向车窗外望去，楼房的影子，先是清楚，再是模糊，后是若隐若现。有些楼在视线中，显得很飘很轻，那仙境般的楼阁隐起了一半，一切都是含蓄的，轻柔的。因为迷茫，我从雾中努力地辨别着方向，其实方向都藏在雾中，雾包围着乌市，雾中的乌市轻柔了许多，远处的车辆犹如一道道影子。我知道雾中的乌鲁木齐藏得很深，车向前走，一些高大的楼房渐渐显现出来，时而清晰，时而模糊。

　　雾都乌鲁木齐，并不是我随意叫出来的。乌鲁木齐的雾来得挺平常的。乌鲁木齐是建在一个山凹里面的，冬天的雾在这样的时候，会聚在那里。我在乌鲁木齐新民东街向前走，街道上的车辆依然繁多，只是速度慢得多了。因为雾把视线挡住，任你努力地向前望也看不远，阳光也透不过来。我喜欢看一座高楼，站在楼的近前，从下向上张望，高楼的上端没入了雾中，高处的楼藏在了天空里。楼藏在夜里很正常，藏在天上却是很好玩的。我发现雾中的楼房灯光是不显眼的，一切都转换在雾中，那些色彩，线条、光感都不能自由显现了，一切都是模糊的。模糊的东西是具有大美的，因为没有细节，显得更加神秘。有时即使就在眼前，楼的样子，人的样子，车的样子，也都是模糊的。一个人从你身边走过去，没走几步，就融在雾中了。

在梦里想着一个人好难的，我感觉到偌大的城市在云雾里渐渐缩小了，视觉让雾围起来，高高大大的楼层让雾藏起来。还有多少心事或现实的事物，你不能藏起来，在这样的时候我心中也藏着许多心事，我也让那些城市、海洋、山川在心中模糊些，再模糊些，让现实的累转向雾，让现实的硬柔软模糊些，让心放松。就像我现在，站在20层楼的一个窗口，看乌鲁木齐，看雾都里呈现的美丽，这美丽是包容的，是隐藏了现实的，隐藏了痛苦、磨难和不自然的东西。雾中的乌市，人们走着各自的路，当有人群迎面而过，我一下看到了熟悉人的面容，可我还未来得及打招呼，那人就走过去了，我看不清楚他的影子。

# 潇洒的公鸡

在一个热闹的菜市场，人从入口进去，人与人紧挨着；水果、蔬菜，悬挂的牛羊肉，在阳光下色彩丰富。当我从拥挤的人群里穿过，眼前便出现了一个约 3 个立方米的铁丝笼子，笼子里有 7 只公鸡。我看到 7 只公鸡的羽毛都很漂亮，最漂亮的两只，是正在铁笼子里准备斗架的两只。两只公鸡将脖子上的花羽毛挺起来，那漂亮的羽毛形成两朵漂亮的花朵。漂亮的羽毛，曾是孩子们做毽子的最好材料。

在这个阳光灿烂的正午，进入 11 月中旬的初冬，天并不寒冷，寒冷的是卖鸡人的那把刀。那把刀上有血迹，刀把上有黑色光泽的油。离鸡笼 3 米处有杀过鸡褪下的鸡毛，那鸡毛让水、让血糟蹋了，我努力分辨鸡毛的花色，用想象拼接出那只鸡生前的样子，心里想那只鸡多美呀！可它被毁了。

我站在一个人少的地方，看着笼中的公鸡，两只打斗的公鸡显然没有感觉到死亡离它们很近，或者它们早已习惯了生与死的场景。是的，我想，在这之前，卖鸡人杀鸡都是从笼中抓出一只鸡，而后迅速地将鸡杀死，那笼中的鸡能看不到吗？我在心中想，为何你们不呐喊？为何不悲哀？你们的生命没有几天了，你们知道吗？可两只公鸡正在打斗。在鸡笼里，它们飞不起来，但可以用嘴啄对方。打斗中，鸡翅膀与翅膀相互拍打时，溅起了漂亮的羽毛。我真想过去捡几片漂亮的羽毛，可我高兴不起来，我知道它们活不了多久，我心中有些伤感。

笼子里的另外 5 只鸡，看着同伴打斗，若无其事的样子，有 3 只公鸡还悠闲地享受着阳光，它们很静，静成了雕塑。看着笼中 7 只鸡的状态，我把心也静了下来，这笼中的鸡，让我感觉不到死亡，感觉不到恐惧。如果不看刀具，不看杀死的鸡的羽毛，这笼中的鸡应该是快乐的。我告诉自己快乐在自己，快乐在每一分钟里，就算是离死只有一步，你若想要快乐，也能快乐。

有时我想，鸡、鸭、鱼都是为人而活着的，人总要吃它们，但它们的状态真的很完美。有时，我们想着珍惜生命，爱护自然，但我们拒绝不了吃肉，拒绝不了宰杀动物。我的心中充满了矛盾，其实生活中到处充满着矛盾，矛盾总在不断转换。很多时候人们会认为，鸡是人养的，人吃鸡很正常，其实最早的鸡是野生的，野生的鸡更自由。

当笼中的鸡打斗完一阵后，各自都在炫耀自己的能力，在不大的鸡笼里来回走动。热闹的人群并不注意它们，走过来的人也不正眼看它们。它们适应能力很强，强过心理素质差的人，所以它们很自在、很豁达。可我觉着它们迟钝，它们傻，在生命的边缘，却这么快乐，难道它们不知道自己没有多少时间活头了吗？看来只有人活得复杂，活得精细，活得有思想，而鸡活得简单，所以活得从容、潇洒。

在阳光下，这些健壮的鸡，真的没有一丝恐惧，而我为它们的生命，为它们最后的时光悲哀了一阵。虽然我现在没有看到有人买鸡，但这些鸡真的随时都会被杀死。其实最美好的东西都容易碎去，比如玻璃，比如玉，比如冰，比如鲜花……我告诉自己，它们现在是最有勇气的勇士，它们的羽毛在阳光下也是最美的，它们的打斗是自强不息的表现，它们享受阳光是因为它们珍惜生命，它们的自在是一种生命的最高境界，也许它们不知道这些，但它们是，真的是。

　　我劝解自己，快快离开这里，现在这鸡都好着的。我在心中真诚地祈祷了一下：今天天气真好，饶过这些鸡吧！让它们活过今天吧！我想着，准备离开这些鸡，我走动时眼睛却不愿离开笼中的鸡。

　　当我转身，我听到了一只鸡的鸣叫，声音嘹亮而悠长，在人海里传播，这声音深深地藏在了我的心里。我走过人群，心中被这些混乱的场景缠绕了。于是我回头，想看看那几只自在高雅的公鸡，却看不到，看到的只是一群群人和一路摆过去的摊位。我只好在心中说：公鸡，你们曾经是美丽的，是高雅的，是强健的，是潇洒的……

　　这些对你们来说，足矣！

# 小吃街

　　直到现在，那些热闹繁华的街景依然浮现于我眼前。我知道自己曾去过那里，随着人流在西安小吃街闲游，当人流很多，当各种方言在小吃街传递的时候，我知道这条街一定很有名气了……

　　西安小吃街离市政府很近，我是白天到那儿去的。天还算好，没有云，有一些风，那风还是挺干燥的，阳光显得很亮丽。我很愿意阳光这样热烈的样子，信步走在小吃街上，街市上白天摆着的大多是工艺品，如要吃点东西，两边的店铺一路排过去，蛋糕、石榴汁、梨子汁、薄皮包子、胡辣汤、羊肉泡馍……那招牌，多数是刻在木板上的"书法字"，行书为多，隶书为辅，店面多为仿古建筑，屋檐上绘有各式图案，红、绿、黑相间的勾勒，图案显得精细、高雅。雅从文化中出来，那屋、那圆柱、那挑起的飞檐，都与传统紧紧相连。小吃街并非一吃到底的，街上有好几家做手工艺品的店面。一个老人手中正在用黄色绒布做一只小老虎，原来店面外面摆着漂亮的布老虎，就出自这位老人之手。往前走有剪纸的，所剪出的图案繁杂而不乱，有仕女，有传统故事，飞龙、花鸟、鱼虫应有尽有。每一个有特色的店门前都有一些游人在仔细观看。我走进一家传统毛笔店，只见店中挂满各式毛笔，一支大笔笔杆有 1 米多长，直径可达 10 厘米，那些笔在店里显得那么幽雅，每一支笔都成了艺术品，我忍不住想买几支。随着传来吆喝声：老金家水盆、羊肉泡馍，循声望去，见老金家门口站满了人。我也匆忙赶去凑热闹，索性叫了一碗羊肉泡馍，那肉汤一上来，散发着清香的味道，我学着当地人的样子，将馍掰成一小块一小块地放入汤中，我发现那汤的油花被这馍一吸，就少了许多，吃一口馍，喝一口汤，真的很特别。当汤喝完了，馍吃完了，那汤底的几片羊肉就露出来了，张口一吃，那肉又软又香，不需嚼就吃下去了。

当我吃完饭，环顾四周，发现除了吃饭的人，那墙上排满了字画。我知道这地方与别处不一样，古时家家喜欢挂些字画，那字画都是用毛笔或写、或画，最终变成了高雅的艺术品了。这店面的墙上的字，如行云，如流水，那线条飘逸而不乱，那墨显出的黑与白，在方寸之间让你觉得除了吃饭，你还浸在一种文化之中；那墙上的国画，更是有山有水，有云有风，那山雄伟，那水潺潺而去，那云雾似飞似飘，在那里吃饭，真的好享受呢。有时也想想，这家店铺就以羊肉泡馍为主，并没别的什么特色了。可是当地的人却说：我们这讲究牌子，味道好，牌子硬，吃的人就多，多了之后就有名了。这地方老字号的店面多了去了，东边有，西边也有。这小吃街也并非一条街走到头就没了，这条街中段形成了井字形，街连着街，店连着店，这样看来这条街真值得多走走了。于是我信步游走在街上，看看那些仿制的兵马俑，看看当地的棉布绣花，蜡染工艺品，那些图案很有生活情调，简练、大方的线条，在棉布上产生了特别的视觉效果。每一件工艺品都有它自身的特点，有地方特色，有文化，有传统。看来传统的好东西是有吸引力的，我买了孩子的小花帽，买了手工绣花的肚兜，买回了一些传统，买回了留在眼前的真实物品。

当我走累了，随便找一家小吃店坐下，要一点小吃，那小吃都很有特色，枣子年糕，用油炸得金黄诱人，吃一口外酥内甜，那甜一点都不腻，枣味的年糕，我第一次品尝；麻辣凉皮，麻而不过，凉皮劲道，吃一碗还想吃下一碗，觉着胃里太饱了，赶紧起身，漫无目的地又往前去。

夜使西安老城华丽起来，白天的西安，高大稳健的建筑，显得威严古朴。夜里霓虹灯将城市装扮得美丽、优雅起来，那红红绿绿的灯光，一下让这城市活起来了。

我看着小吃街的人多了起来，只不过才 10 多分钟，你再想轻松地穿过小吃街已不是那么容易了。夜里小吃街的生意一下子就从店里转到店外了，白天还不热闹的街道，一下子挤满了人，在明明灭灭的灯光里，人挨着人，整条街像一锅沸腾的饺子。随着人群走，你不走也得走，这时的小吃街就像一个大磁场，右边往一个方向走，左边就往反方向走，那人流才可以保证通畅。如若有人逆行，走不了几步就要与人相撞，好奇怪呢。白天见不到这么多人，夜里，小吃街一下这么热闹，这是我没想到的。我是新疆来西安旅游的人，我发现我没白来，在人海中游走的是双脚，但在心中感触到的是一种新的生活，这生活在繁闹中，在火光里。望苍茫世界，看匆匆过客，尝西安美食，品老城文明。在每次走动的脚步中，都能发现新的事物。那灯光呈现的美，是灯光与坚实精美的建筑交织而成的另一种大景。这美更神秘些，这美在灯火中散发出的光，更有动感，那悠悠的美，越来越美，最后是一片灯火，一片晃动的亮……

叫声，还是叫卖声，老王家水盆，老贾家腊牛肉，老刘家葫芦头泡馍……那声音一出来，洪亮粗犷，看来西北人的豪气从叫卖声中就能感受到。当从小吃街走到一个街道转弯时，你别停，继续往前走，那里又是一条笔直的街面。街面上小吃最多，也掺杂着售卖各种旅游纪念品。仿制的兵马俑，栩栩如生，铜制的、泥塑的、陶制的、合金的，应有尽有。如果有专车，买些真人大小的兵马俑也是可以的。我挑选了几个钥匙上挂的铜制兵马俑，又小巧又精致，不管我走到什么地方，都有一种带着小精品、大文化的感觉。

　　一边走一边看，我对这里是不熟悉的，对于不熟悉的环境，我的感观比较敏感。既然是小吃街，我还是想着那些小吃，尤其是在游客中听到哪家的小吃好，哪家是老字号，排队都买不上的小吃，我真的好激动。不管认识不认识，上前就问：那小吃在哪儿呀？问清楚后不管多远，就往那里赶去。不过我还是能够感觉到，从小吃街主街转弯处的店铺，街面相对窄些，主街道还是很宽的。对于那些出了名的小吃，吃了几回都不想走的小吃，大家就明白了，那才是真正的好东西，不用别人再去说了。去了就想吃，吃了忘不了，好酒不怕巷子深，好吃也同样不怕街面偏。那家金糕，贾家腊牛肉，就在偏街处，而且巷子很深，但那里什么时间都是人排着队在等。这些好吃的东西真想带回新疆与家人分享。但有些小吃真的无法带回，过了时辰就坏了，不新鲜了。

　　这儿的小吃花样多，每份都3—5元，如若你在西安待一周，完全可以每天吃3样、5样不重的小吃，直到你离开这里，也尝不完这里的小吃。那小吃各种滋味，一定缠绕在你的心里，叫你久久不能忘记。

　　我觉得最划算的是老李家蒸牛肉，那牛肉一大碗，肉多味好。汤和着白米饭更好吃。吃完了，你往前走，走着走着，你一定又会发现惊奇的东西，或吃的，或是用的。在小吃一条街，我品尝着食物，感悟着神奇的土地之上的人们，他们用特有的才华，做出具有地域特色的小吃，我吃过，我感觉过，我发现自己是快乐的。

# 小黄狗

　　近年来，心中的那点世界里，总是存着众多画面，有些事虽小，但时时能让自己感动，真所谓经历过才知生活是多么热烈。

　　许多年过去了，当回首往事，翻起记忆的书页，于是，尘土飞扬，浑然间，一切都夹着乡土的气息，渐渐清晰可辨。

　　山乡的那座小院，建在绿地上。门前有一条小河，水总是慢慢地流，像一条白色绸带，静放于草原上。野花如星星点缀于家园的四周，将小院拥在怀中，并送上野花的芳香。

　　那时我与哥都很小，父母忙于工作常不在家。于是父亲便从邻家要来一条小黄狗，说是养大了好看家。小黄狗抱回那天，我们正在吃饭，见父亲肥大的衣服里抱只胖乎乎的小狗，哼哼叽叽地叫着，我与哥抢上前去，从父亲手中接过来，于是那顿饭我俩都忘了吃。

　　小狗很快便与我们混熟了，我们见它毛色发黄，于是叫它"小黄"。从那以后，门前房后的草地上时常会见到我们与小黄追逐、玩耍的身影。渐渐地，我们很难捉到它了，但它还是愿意与我们逗着玩。经过一个冬天，小黄已长成大狗，长长的毛，肥圆的躯体，我们更加喜欢它了。那时我与哥已上小学，记得有一次小黄跟着我们要去上学，我们怕它被别人弄去，就吆喝它，回去，别跟，于是见它回头而去。我与哥一阵猛跑，见小黄没跟来，才放慢了脚步到了学校。可是当我们下课时，见小黄就蹲在教室门前，一时吓到了许多同学。我们赶紧抓了小黄，对它说快去，快回去，它便飞跑而去。

山村里有时也不安宁，有一些人经常偷别人家的鸡。我家养了好些鸡、鸭，有一天夜里我们睡得正香，就听有人大叫"哎哟"。随后小黄的吼叫便一声声传来。父亲披了衣服赶紧出门，见鸡跑了一院子，有一个人在土墙下抱了头，吓得蹲在那里。当邻里一起跑来后，我们才知那是偷鸡的贼，邻居们帮着找到了一条麻袋，袋里已有几只被扭死的鸡。所有的人说这下可好，恶有恶报，偷鸡不能反被狗咬。

小黄的身躯越发强壮了，它可以轻轻地跳过两米宽的小河，在草地上捉到狗獾。每次放学回来，小黄总是蹦蹦跳跳地跟着我们。到家时，它就用爪子把门打开，像是请客人一般。于是，我们就将手伸出，小黄即刻立起，将前爪放在我手中，然后又放在哥的手中，那样子真像人与人握手，每每这时我都会笑个不停。只见小黄微斜了头，那水汪汪的眼睛显得很茫然。

1977年秋天，那个季节令我们伤心。雨淅淅沥沥下了一个星期，树叶在地面上混着泥水，被踩入了泥中。山路弯弯曲曲，显得有些荒落。那阵子山村闹狗病，小黄身体强健，我们便没有在乎这些。只是给小黄加了食物，让它尽量多吃一些。几星期后，一天我们放学归来，小黄没来迎我们，于是我们满院找它，最后在院外的密草里见小黄卧在那儿不动。我们赶紧拿了食物给它，可它一动也不动。父亲不多时便回家，拿了针药给小黄打上，我与哥不愿走开，并拿了小棉被给它盖上。几天后，小黄的眼窝深深地陷了进去，我与哥见到此景便要流泪。记得那天家里杀了鸡，我和哥只吃了一点，我们将鸡肉藏了一些，去喂小黄，这次小黄竟吃得很香。哥高兴得不行，心想小黄有救了，可是第二天小黄不见了，只剩下那条棉被在那里。我们到处寻找，在低处的草地上找到了已死去的小黄，那里有密密的草，却没有野花盛开。

　　我们拿了铁锹，将小黄埋在了那里，铁锹嚓嚓的声音，竟像刀一样割在心上。当一个小土包渐高时，哥忍不住哭出了声，那声音将我的思绪打得纷乱，我只是默默地看着。哥蹲下抱着土包哭了一阵，随后他找了一块小木板，写了"小黄之墓"插在坟上。在墓前放了馍馍、菜、糖果，他多么希望小黄能吃点东西。这深深的感情藏于心中，年复一年，让我无法忘记。

# 斜坡上的青草地

　　那一片青草地，在我的视线里越发亮丽，在阳光的照射下，它近乎于辉煌，它离我有一段距离。阳光斜着照射过去，坡的一边，我正在向阳光照射的方向望去。那一片青草近在咫尺，天空的云打着卷，静静地摆着一些造型。天高着呢！这地下的造型不太复杂，但呈现的状态就不同了，在我的思想中直接产生了天空、鹰、山谷、斜坡上的青草地，此时，我家的羊正缓缓地走向青草地。

　　早晨，阳光照得也挺直接的，虽然它斜斜地射来，但它是执着的。我只好站在一个制高点，这样一切便能显于眼前，况且坡顶的风来去无阻。在达因苏接近正午时有风还算舒服，对面的那一片碧绿，茵茵一片，看一眼就觉着舒服。目光在那里停留片刻，想到为何那一片草地总比别处的草好、颜色好，无杂色，多像被水清洗过一般，洁净得像要招待贵客的毛毡。就那么一片绿地，在对面的斜坡上，竟这般吸引我的眼睛，随后是我的心情。当我坐在坡顶，把目光收拢，看看脚下，石块、沙土，用脚踩一踩硬得硌脚。沙土缺水，裂缝中生出的小草柔弱得像生病的麦苗。一些植被低低地靠着地面，仿佛不敢抬头，怕太阳伤了自己的腰身。当我再次向斜坡上望去时，我就想那一片青草为何这般美妙。

　　仔细辨别之后，我想起来了，几年前我曾来过这里，这里应该是 54 号冬窝子的牧场范围。不远处应该有条河，说是不远，但在这山连着坡、坡连着沟的地方，要走过去也难。其实对于骑马走路的人来说不难，只有像我这样，在城里待久的人走过去难，因为我们惯于用车，但在这里不行。

　　随后我隐隐感到，所有的风都在增温，太阳早已显示出了它的威力。我的汗水落到了眼睛里，一阵子咸涩迷了眼，我用袖子快快擦了。路难走，一种叫土尔条的植物，密密扎扎地丛生在一起。不小心碰到了土尔条，即刻感到有棘刺钻进了肉里，一阵刺痛，却停不了脚步。到了坡底，心情好些，转眼间觉得被压抑的感觉油然而生。沟底根本没一丝风，看不到开阔的山坡，就连天也被两边的斜坡挡了去。那一片天空再也无法完整，一切都比我高，原来渺小的事物，在我看来就是我。或者是这沟底的表层水。有水也好，我仔细地寻去，想找一个泉眼，而后，我发现我越急着找水，越觉得渴得厉害。当我走完这一小片湿乎乎的湿地，没有发现泉水，而皮鞋却被脚踩出的水或者说是泥，弄得变了型。我努力地去寻羊时，发现羊已到了对面的那一片青草地。在我看来，200 只羊散开在那里，还有一些空地，那坡挺大的。这时我热得喘粗气，山坡和天上的云像要压下来，我只好在沟底喊：哎……哎……这声音传出去，又传回来，回音不断。

　　父亲老了，父亲比我坚毅，他还稳稳地坐在羊对面的坡顶。他知道，他坐的那个斜坡草不好，羊会慢慢吃着草走到对面的绿草地，所以他不用动，只是在那里卷一支烟吸几口。父亲静得像个雕像，在阳光的背面，那一片轮廓勾画在我的脑海中。我似乎渐渐明白，父亲为何日日里早起，为着那一片青草地，那是这片土地上最美好的青草地了。当我要从沟底往上来，我的脚力已大不如从前，这时我强烈地想要见到那一片青草地。于是我从沟底向斜坡爬去，天渐渐开阔的时候，山风便吹在脸上，好凉呀。

　　来到这片青草地上，脚下软软的。这草青味很浓，我禁不住猛吸了几口。我脱了鞋，轻轻地躺在草地上，揪一根青草叼在嘴边，像一只醉倒的羊，卧在地上一动不动。

父亲没有过来，他仍端坐坡顶，端坐在达因苏美丽的土地上。他正细细品味生活，或者细数每一只羊。它们有自己的名字，就像这个坡，在父亲心中是珍贵的，这坡叫细水沟坡地。沟底的水越来越少，我在沟底已寻不到水的影子了，而父亲的影子呢？其实，沟底以前是有一条细水的，我在那里喝过水，那次我与梅捡得许多蘑菇。梅好美的，她的脸就映在这山泉中，纯净得像朵绽放的山花。

当我翻过身，惊动了一些羊，羊见我不动了，又聚来。一只大羊还闻了闻我的手，好像在说，你是谁呀？我笑。我心说你们是我爸的兵，我是我爸的儿子，那我是谁呢？几只小羊羔不珍惜这好草，它们三五一群，一蹦三跳做自己的游戏，急得母羊咩咩地叫个不停。我躺着望天，仿佛大地与我同在，天上的云其实也在慢慢地变化，那一朵像牛的云，渐渐变成了猴子，而我发现自己也变得像个人样了。过去我瘦，现在我胖，而我其实还是一个学生，35 岁了还在读大学。

羊从绿草的一头缓缓流过去，又流回来，好几个来回了。可是我细细看了这青草，突然发现所有的羊只吃草尖，我被感动得流泪，羊其实最心痛草地，如果羊吃草时咬得狠，吃得太低，这草几天就会被吃秃了。

当羊群又要返回头来吃草时，父亲在那对面的坡顶，用手捂成喇叭对我喊，"小宝，把羊往前赶"。我翻起身，头有些晕，挥了挥手，一些羊转过去往前走了，还有一些羊不理我，我只好把衣服脱下来，向空中抛起，羊被吓住了，往前跑了一阵，才走出了斜坡上的青草地。当羊走去时，这一片静静的青草地，像一片宽广的水域，也像一片出苗整齐的麦田，三两只鸟从草间飞起又落下。父亲从山坡顶上转向另一个山坡，他利用坡与坡的高点，转来转去，就来到了我的眼前。当我再次与父亲接触时，发现他苍老了许多，最明显的是他花白的头发。而我再想看父亲时，他已蹲下，用他粗糙的大手，小心地抚摸着青草。他说：如今草太珍贵了，像这样的草太少了，以前放羊在门前就可以，现在门前的那一片草地，放牧过繁，草根破坏了，已风化，长不出草了。我一下感到，父亲的苍老就像过于频繁的放牧，那青绿变得枯黄了。父亲又说，这片草地可不敢过多地放牧，羊吃几道就走吧！这样它才能保持住这样的青绿呀！

羊走了，在别的地方，羊不好好吃草，它们吃过了好几个坡地，它们总是一路走一路吃草。

中午天热得像火烧，羊儿到一片土尔条或一些千层皮下乘凉去了。我与父亲不约而同地想着去找泉水，但我心中还是想着青草地的清新、美丽。父亲绕过几个山坡，径自朝一个坡下快走。我跟着过去，这地方我已不太熟悉了。那里果真有水，我喝足了，又用矿泉水瓶灌满了泉水。我还是能感到这泉水是甜的，当我喝完水，见到几只野鸭从头顶飞过，嘎嘎嘎的叫声传开、散去。

离开泉水地，碰到了一个哈萨克族男子骑马而来，我父亲用生硬的哈语与他打招呼，后来我看出他就是我曾认识的巴克别克。十年前他娶不起亲，但又深爱着夏尔古丽，夏尔古丽也深爱着他，最后他们只好约好，一天晚上，巴克别克骑着快马去了古丽家附近，在约好的地方将夏尔古丽抢走。巴克别克的抢亲我是认可的，因为他们彼此相爱，现在他就在我眼前。他依然健壮，像头小牛犊。我问他可好，他笑，牙齿很白很白，父亲说："他已有两个巴郎了，大的九岁。"我说："好，叫什么名字？"巴克别克说："巴特，去年少数民族赛马会上获了第二名。"于是我的嘴张成了 O 形，半天没有再说话。巴克别克一扬马鞭，马一阵飞奔渐渐远去。天空依旧深远，只是这里的天特别蓝，蓝得像是天上的海洋，云就像一片片白帆。当我仔细远望搜寻，才发现每一座山头几乎都有羊、有牛，低处的平原上牛羊成群。那条叫沙拉玉米河的水流，像一匹软绸，飘在草原上，蜿蜒而去。河边分明有牛马戏水、纳凉，几个男孩在打水仗。我小心地坐在一个山坡的石块上，准备闭目养神，想着何时再去斜坡处的青草地，享受辉煌的颜色。

第四辑

**思乡情结**

# 心中的白杨树

　　在我的记忆中，杨树是生活中最为常见的树。房前、屋后一排排、一行行，擎起的枝条，笔直地冲向天空。它挺拔的身姿是那样年轻，那样清秀，冲进了所有人敬佩的目光里。

　　没有杨树的时候，风是放荡的。扬起一片尘土，人们只有住在地窝子里，风才不至于吹伤了屋子。住在地下的房子里，仍然可以听到风呜呜的怪叫，叫得你心烦意乱。

　　那年春季，连里决定种一批白杨树，听说是"眼镜"技术员在查阅资料后，决定种白杨树。白杨树易活、生长快、抗病能力强，能防风固沙。

　　屋后的白杨树我很熟悉。那时的屋是土块盖的，屋前、屋后，连屋顶都生有野草。唯有屋后的这一片白杨树，树有树池，树池里的野草锄得干干净净。小杨树笔直地生长，又瘦又高的树干呈灰白色，树身光滑，细长的枝条合拢了往上直蹿。我常在树下玩耍，有时也与几个孩子追逐着玩，在树林间穿来隐去，抱着树干摇晃、旋转，树的身体在摇摆中跳舞，像一个少女长发披肩、腰身柔软。有时会掉几片树叶，我们拾了起来，放在手掌里。那叶子精巧别致，泛着淡淡的绿光，让我爱不释手。

　　杨树挺拔的身躯，在阳光下越发纯洁，阳光温柔的手轻轻抚在枝条上，枝条像是银的线、金的枝。我爱看白杨从树叶间穿过蓝天，那里又高又远。在我们那儿，白杨是最高的树了，两步一棵，并排四行，形成了一条长长的林带。它们很有精神，挺着腰，在微风中快活地成长。

杨树长得很快，我走在这熟悉的林间，发现树的枝干长粗了许多，树也长高了许多，唯有不变的就是树干依旧笔直地冲向蓝天，树叶紧紧地围着枝干。这里成了鸟的世界，清晨十种以上的鸟，在高高的枝条间鸣叫、玩耍。鸟的叫声清脆婉转，为这有朝霞的天空增添了情趣。这时我总要蹲在树下感受它年轻的生命，我发现长大的白杨树，树干上有细小的树纹，有的树纹纹理清晰、粗糙，纹样繁多，那里有牛、马、鸡、羊的影子；但最有意思的是树干上有眼睛，那眼睛不眨眼，总是那样深情地望着你，与它们对视，你会觉得沉静，像是打开一扇心灵的窗，望见了它，也就望见了自己。

白杨树就那样一排排、一片片地生长着，根连着根、枝连着枝，扎扎实实地挺立。狂风来袭时，它们就用身躯拦住一道道刮来的风，风穿过一道道白杨，白杨就削弱了一部分风的狂怒，当不肯善罢甘休的风再次袭来时，一棵棵白杨手挽手、肩并肩，执着地守卫着家园、田野，决不挪动一步。成片的白杨树在田间、在屋前、在屋后像一位位手握钢枪的勇士。

我喜爱白杨树，它平凡，它伟大。

记得有一年夏天，风大雨大，大风过后杨树被肆虐的狂风吹得枝叶蓬乱，有些枝叶被刮断，但庄稼又一次被保护了。正在此时，因雨水太大冲垮了小渠，渠里的水汹涌地冲向麦田，连里的领导不得不紧急砍去了田头的 15 棵白杨，就地打桩拦渠。最后，庄稼保住了。事后，大家都为这 15 棵有功的白杨感到难受。

我知道这件事后，在一个晴天去了那里，只见那条林带尽头又种了 15 棵，不！是 18 棵小白杨树，它们在微风中摇摆，快乐地成长。我多希望它们快快地长高、长大。我一直喜爱这简单、朴素的白杨树。

我想它们会在一个有朝霞的清晨，长成高高的白杨，长成一棵棵有真诚目光的"白杨树"。

# 烟雨西湖

　　那是一个雨天的下午，我在细雨中看西湖的水一片迷蒙，近处的水色仍然能显出一片淡淡的水光，而远处的树影处在朦胧中，那些树干和枝叶在雨中浓成一片。水与岸角形成镜面的倒影，岸上的山峦、小桥、小屋在苍茫中融在一起。

　　含蓄都在烟雨之中，含蓄之中灰色的幕布里正连着遐想的空间，雨丝正从天际飘来，风此时也斜斜地吹来。近前的杨柳，正吐出小芽，那些小芽还未张开芽苞，柳丝如线，在树影里跟着风斜斜地飘起来，一如发丝，一如情丝，一如摇曳的时间波纹，慢慢聚来又散开。我忧于这湖色之中的无，更无法看清远处的神秘。身在西湖岸边，置身于一种空旷的烟雨境界，西湖就是无，一种大的"无"，那些烟雨之中的灰色，渐近渐远，被一片云雾笼罩。也许是雨的缘故，天雾蒙蒙的，白玉兰总是开不出整朵花的样子，我并不遗憾。用手中的相机拍下了雨中的白玉兰，那些花就此以一种姿态凝在了相片里。

　　我站在西湖边上，看见了荷叶生出的地方，绿荷不见一片，那些枯了、黄了的残荷还立在湖边；有些莲蓬还能看到，它的倒影也硬朗朗地映在水中。

　　在雨中，在树木花草都荒落的时段来到西湖，没有觉得失望，眼前即是一幅江南烟雨图。画中的小亭、小桥、栏杆，岸角边的雕花龙船从近前游过。这六彩之中的西湖，浓淡相宜，水中有墨，淡墨在飘，形成绸带，浓黑如铁，近前的树、石、小亭在雨中浸染之后，墨色凝重。

　　乘一叶小舟游走于西湖，这一汪神圣的水，从眼前延伸到对面的远方。乘一叶小舟，悠悠地向湖中驶过去，水中的凉气都翻起来，水波从小波纹到大波纹，有时波纹和船相碰，发出哗哗的声响。你在岸边，体会不到湖中的动荡，其实湖中波浪挺大的，荡得小舟摇晃起来。风冷冷刮过来，雨和水拍起的浪花一起飘向不大的小木船，衣服在水气和雨中渐渐湿了。

　　西湖的雨让我想到情感与墨色的世界，烟云之中"空"的境界，烟雨中，静下心思考，并不烦躁。

# 阳光下

　　阳光是热烈的，是生命的源泉。阳光之下显现出博大自然的世界，使我清楚地看到了富于变化的空间。

　　我走进田野，绿地上的青草映入眼帘，青草的样子透过光感，变得富有亮度，绿越发鲜艳起来。光与绿混合后的景，透出生命的绿波，这绿在大地上延伸而去。用手抚弄几棵小草，小草柔软的叶脉触动神经，这柔嫩的叶，在阳光下站立，风轻轻吹来，叶舞蹈的样子，随处可见，阳光下这微妙的动态，一一收进我心底。

　　我走入田地，农人们忙着收拾自己的棉田，棉苗在阳光下开始成长。春天刚过，阳光的热情就开始升温。农人最喜欢阳光，热情的阳光。如若阴雨天不断，农人们便愁眉不展，阴天棉苗不肯长。石河子的雨天、阴天多了起来，地里的农人急得没办法，只好在心中期望阳光转来。阳光下那一片繁茂的棉苗，在田间奔走，把希望走成果实。

　　我借助电话，询问父亲家乡的天气可好。父亲回答：天阴，阳光少，雨常落，地温上不来，小麦不肯长。于是我盼望阳光能热烈起来。其实现在的庄稼不怕干旱，就怕没有足够的阳光。每家的田地里都有滴灌，一开水闸，水就会从地下冲出来，滴入庄稼的根须里。阳光的灿烂就显露在农人的脸上，阳光热烈起来的时候，农人们的笑容就会绽放，他们在田间奔来走去，也不觉得辛苦，因为阳光下，一切的付出，最终都能换来丰收的果实。

我在城市里，清晨起来，阳光已先我到达每一个地方。我习惯地走入一块绿地，看着眼前的绿树，树叶在阳光下被雕饰得亮丽完美。我望着叶，叶静静的样子好像是在思考，叶在阳光下原来这么安详。叶的层次，叶的方向，叶的大小，都会在光感中任你分辨。我走得近了，就可以看到叶脉、叶茎，叶背面的颜色总是淡一些，那上面有一层绒毛样的东西。我习惯珍藏叶片，每一年我都会情不自禁地摘几片树叶夹在书本里，到了冬天翻书时，就会翻出春天的回忆，翻出阳光下灿烂的叶片。现在我摘下一片树叶，这片树叶在阳光下，小而精巧，如果对着太阳就会发现，阳光透过叶片时，脉络清晰可见，叶片越发透亮，富有造型。看着脚下的绿，你也能找到曾经在田野中奔走的感觉。不过早晨会有莹色的小珠落在草叶间，你若走进草地，会有水珠落在你的鞋子上。水珠是透亮的，像一颗颗珍珠，在阳光下闪出银光。早晨的阳光最清纯，洁净的空气中，偶有几只鸟在树间窜来跳去，把这静静的晨搅得热闹了。

阳光下，我可以借助高楼向云层里远望，可以向更远的天空遥望。这景要在心中保留多少年，自己也说不清楚。一只大鹰在阳光下翱翔的样子，我好多年都不曾见了。现在，鹰在阳光下盘旋，我感到，那只鹰就像我在城市的天空里盘旋，我多想成为一只大鹰。

在城市待得久了，对阳光的感觉就不像农民那样真实了。我们大多时间在办公室里。像我，早晨去了办公室，中午匆匆下班，顾不了细细品味正午的阳光。其实正午的阳光最热烈，我们只有到了下午，才能慢悠悠地走出办公室，那时可以感觉到的阳光是温柔的，柔软的，一点也不热烈，有时还会有傍晚的霞光在天边抹出一片红。我喜欢这样的时刻，虽然是快落下的阳光，但它是美丽丰饶的。

　　城里人在周末才能感受到完整的阳光，早晨可以慢慢地起来，而后走出家门，去绿草间走走，在公园里看花，看热闹的人群在公园的游乐场所玩耍；也可以划划小船，可以躺在草地上懒懒地晒太阳。到了正午太阳热烈起来时，人也跟着繁闹起来，大街小巷人潮涌动，特别是去商场里的人最多。城里人喜欢逛商场，尤其女孩子在城市的夏季，穿着花裙，裙在阳光下是鲜花的样子，点缀在大街小巷，这个城市便在花的盛开中美丽。我最喜欢女孩子穿花裙，能够突出她们的曲线，能使她们在走动中富于动感，飘逸的动感。

　　我喜欢阳光，因此在黑夜里，我的心中也常常有一轮红日珍藏，我的阳光是多样的，同事的一个微笑，领导对基层员工的关心，有人摔倒，你过去扶起他，这些都是阳光的爱护。爱是博大的阳光，我们最需要这种阳光。

　　我的孩子1岁了，当我劳累了一天回到家中，只要她给我一个微笑，我就会感到孩子就像一个小太阳。她的微笑传递着温暖的感情，让我无比快乐。

　　在农村，农民们对阳光的感受，总是在匆忙中奔走的时刻表，每日里阳光都要与成长一起奔走。奔走在叶间，奔走在细胞的分裂转换之间，农人的汗水在阳光下饱满地流落在大地上。阳光也会把农人的皮肤换成古铜色，古铜色接近阳光，离阳光更近些，古铜色的人往往身体硬朗、结实。阳光下锄头会闪着亮，铁锹会用磨光的身体，把阳光盛在圆弧里，圆弧里就分明地存在一个太阳。一个太阳照亮一个农民，铁锹带着阳光在地里穿行，土地便走成行，走成片。在阳光下，土地长出粮食，长起蔬果，长成农人们丰收的希望。

　　阳光下，我经常会远望。远望中能看到大地、远山。远山的山峰雄伟壮丽。当我们走近一棵老松，会看到树根盘错交织在一起，与山石是那么和谐，阳光下这些场景都是真真切切的。

　　阳光在一条河里停留，一条河便鲜活起来，那是跳动的音符。水中光点洒开落在水底，水中的波光是晃动的，随着水流传递情感。鱼柔柔地在水草间穿梭。水在光感中，透亮的样子像水晶，水下的石头是五彩的，五彩的石头，在水中成为背景，将鱼的身影衬托出油画样的色彩。

阳光下春季和冬季相互转换，春天阳光从白雪中走来，生命在春天吐绿，在春天复苏。我在阳光下，写出一行行赞美春天的诗篇。

阳光在秋天最丰盛，丰收的红果、绿果、黄果，透着清香，在阳光里被摆放得诱人。街道上，一车车水果运来运去，叫卖声传得很远。秋的色彩也最丰富的，农人们的微笑，在夜里变成太阳的光芒。秋天的夜里，农人睡得最安稳，因为阳光把丰收留住了，农人把希望留住了，农人自己就成了一轮红日，快乐地照亮自己，也照亮别人。

# 爷爷的素描像

　　秋叶飘落了。叶的飘落，能带来一些悲凉和回忆。当我默默地注视天空，注视树上那逐渐辉煌的树叶，这时飘落下去的树叶，总在重复着飘与落，落了一地的金黄。走在上面发出沙沙的声音。当我走过去，还没走出那一片金黄时，我的脑海中正轻轻地闪过一个人的脸。那张脸是我非常熟悉的，从飘落的树叶里映出，那苍老慈祥的脸，与这深秋的苍茫不尽相同。我停下了脚步，轻轻闭眼，那一张素描像清晰地再现，那是我的爷爷。十年了，我又一次这么清晰地记起爷爷。

　　十二年前我考入了美术院校，我从跟父母在大田里种地，到放假去放牧牛羊，从与孩子们调皮打架，下河摸鱼，一步一步走向了绘画的生涯。当我拿笔飞快地画出几只羊时，我觉得挺像，我便痴迷地天天画画。我18岁时，能将家乡的山水、牛羊画出来。爷爷是我最忠实的观众，他看了我的绘画后，总是鼓励我好好画。其实在岁月中，爷爷头发已花白，但他慈祥的面容上总挂着微笑。那时我不敢轻易地画人物，我总是悄悄地在没人时临摹一些画报上的人物，其实我画得挺像，但我知道每临摹一张，总是很累，因为我越想画得与画报上一样就越觉得难。那时我面对真人不知道该怎么去画，找不到画真人的感觉。终于有一天我鼓起勇气，拿起一面镜子，面对镜子，我第一次画了自己，结果很不满意，不是嘴大，就是眼小，脸形总也画不好，不过那表情和神韵还是有几分像我。我没把那张画让别人见，悄悄把画撕了，然后走出家门，在秋叶飘落的林带，散开，让它飘落下去，就像结束了一次激烈的思考。

我绘画的热情始终没减，在学校里除上好美术课，我便利用一切时间忙着画这画那，书包、铅笔、课桌、凳子、窗外的树木都是我绘画的题材。当我能用我的作品在学校美术展览中获奖时，父亲才对我的爱好给予了肯定。但对于绘画，父亲还是看不出能有多大的作用，有一天我对父亲说："我要考美院。"父亲皱了眉头，不理解地自言自语，那能当饭吃吗？我没回答，继续画我的画。那时经常画到深夜，当绘画影响到学习时，父亲发火了，对我说："如果再画画，不好好学习，就买一群羊，去放羊。"我画的画现在看来真的不好，但我深信那些不好的画是我绘画生涯的生命之火，最终我以优异的成绩考入了美术院校，成了我们那儿极少能从绘画这条路上走出去的人。

当能画人像时，我渐渐地自信起来。在一个假期我回到了家乡，带回了我大学时画的一批人物头像画。父亲看了又看，爷爷看了就说："很鲜亮呀，明的明、暗的暗，没用颜色能画这么像，好！好！这是什么画？"我说："素描头像。"爷爷看着我不语，拿起烟袋卷支烟，轻轻地吸，烟从爷爷的口中进去，从鼻孔里冲出来。我看着爷爷突然有种想画他的冲动，但这个念头突然使我不安起来。因为我看到爷爷满脸沧桑，皱纹交错。我似乎能感到这沧桑的背后，会有更难理解的意象，我感到口渴，我怕看爷爷那双慈祥而又温和的眼睛。父亲打破了沉默，问我这些素描像都是画的谁呀。我说是模特，父亲又问那模特你画得，也可以画家里人吧！我想了想说："可以。"父亲没再说什么。饭后，我从窗外传来的麻雀叫声里感到了故乡的声音，也从山村里的农家小屋，凸凹不平的泥墙，灰色的地面上感到一种真实。爷爷粗大的手，我轻轻触摸时总能感到结满了老茧，那手历经了磨炼，可是爷爷却总是乐观的，所以他是健康的。

入夜时分，我习惯了先看书再睡觉，在灯光下翻过一页页画册，心里其实总平静不下来。家中的情景现在对我来说很近、很亲，近得沉重起来。母亲、父亲的形象印在脑海里，而现在爷爷使我感到更亲近了，因为父母每天忙工作，只有爷爷多年来一直与我亲近交谈，这亲近就像雨丝浸入心田，当我懂事，我就感觉到，爷爷正一天天苍老。于是我很相信神话，我总认为白胡子老爷爷永远长命，我想我的爷爷就是那白胡子老爷爷。

天渐渐晚了，爷爷还没睡，他在吸烟，那烟火在昏暗的屋里一闪、一闪，映出了爷爷苍老的脸。我轻轻地走过去，看着他微闭着眼睛，我对爷爷说："我要画您。"爷爷听后坐了起来，急着说："现在就画！"我只好说："晚上光线不好，明天画吧。"我看到爷爷兴奋的样子，感到了责任的重大，我想着如何画好我的爷爷，可是心中真的没底。我曾画过几个老人，那都是在学校，有老师指导完成的，那些老人我也不认识，画时也放得开，所以画得挺像。可是现在我要给我的爷爷画像，我想的很多。爷爷以前很辛苦，忙种地，忙着养马，我认为能养马的人是有个性的，因为马通人性，马也很强壮、洒脱。也想到爷爷种的菜粗壮、鲜亮，我似乎可以感到光感的重要，它似乎能照亮爷爷的全部，皱纹、表情、胡子，特别是那双眼睛。眼睛与光碰撞，会更明亮、慈祥。我决定在阳光下为爷爷画像，我想让爷爷辉煌起来，亮起来，当我的思想渐渐迟钝时，我睡着了，夜里爷爷为我盖了被子。

当阳光在清静的山村里升起，鸟的叫声最好听，半梦半醒时听，那声音仿佛可以从门缝里走进来一样。若你睁开眼，一定可以看到阳光从门缝倾泻过来的光柱，鸟的声音远的远近的近。其实阳光也是有声音的，很细很远，总是不紧不慢地走。天亮了，公鸡扯着嗓子鸣叫，我下意识地推开门，外面有生动的树木，走来走去的母鸡，父母在院中忙着切猪草，爷爷老早就起来了。现在只有我是清闲的，我蹲在院子里，阳光让我感到了清新，明亮，这些平常的景却让我愉快了起来。我举起手，扭扭腰身，把懒散挥去，帮着家里一起切猪草。爷爷从菜园里回来了，这时阳光更亮了，我决定立刻为爷爷画素描像，父亲对我说："孩子，要好好画，爷爷早就唠叨了好几回了，想让你为他画像。"我心里一紧，原来爷爷早就有想让我为他画像的想法。

爷爷坐在阳光下，阳光下爷爷的头发又亮又白，透着阳光的明亮，爷爷脸上的皱纹似乎也不明显了。而我坐在那儿却迟疑了，我发现我无法表现阳光下的爷爷。我这才想起，我在大学里画的素描头像都是在教室里画的，而现在爷爷坐在阳光下，那阳光正装饰着爷爷，从头到脚，而我的手却不知怎样勾画。我还是画了，用最基本的办法，先勾画轮廓，再定出五观，我画得很慢，怕这形象走失了，也怕画不好。渐渐地，我不自信起来，当我从画面的细节中把目光拉开才发现这形象不像我的爷爷，我急着用橡皮把画面擦掉，反复地画，直到把一张好纸弄得又脏又花，最终没将画像画完整。爷爷还是很认真地坐在那里，几个小时过去了，阳光还是亮丽的，而我觉得像是过了好久。父亲觉得时间到了，过来在我的画前看了一眼，只说了一句，吃饭吧！再没说什么，只有爷爷过来看了一会儿说："挺好的，眼睛挺像的。"而我心中突然有种失落感，我知道这张画像失败了。那段时间我都不敢画画了，我甚至害怕看素描书。

开学我便匆匆离开家，去了学校，我变得沉默了，每日里忙于画画，特别是对人物头像的研究多了起来。当然对老人像的把握是我最想学的，每当我在大学里描绘老人时，我都会想起爷爷。我的画笔在快速的勾画中渐渐明亮起来，线条与造型有机地结合起来，更重要的是人物的神情，让我在思考之中，用笔将它们精彩地表现了出来。

一学期的时间很快过去了，在达因苏，秋天来得早些，当树叶大片地发黄时，我坐着汽车回到了山村。家门前的白杨树正向我招手，阳光与金色的叶子构成了开阔的宫殿感。我下车时看到落叶飘下的一瞬间，感到秋色真的很美，天蓝、云白，远处橘黄的树叶点缀在山坡上，地上的草还是碧绿的，牛羊点缀在草原上，这美景一幕幕印入了我的脑海。

我在心中大声地喊，我回来了！我回来了！爷爷是最高兴的，我看到他，他的胡子又白了许多。到家了我仔细地看着爷爷，我知道，我的目光正在快速地描绘爷爷的形象，他经历生活的痕迹和他特有的表情。到家3个小时后，我即拿出画夹，爷爷下意识地说到屋外吗，我说不，就在家里画。我现在知道了人的辉煌感不是靠阳光来提升的，人的经历、人的伟大是靠自身来塑造的。爷爷是平凡的，但是在我心中是伟大的。我想现在就是光线暗淡，我也一定能画好我的爷爷。我的手飞快地在纸上滑动，笔触像刀，又像风，那从容的笔触，清晰的，厚重的，飞动的，在画面上组合起来。当笔触交织凝集在一起时，画面渐渐明晰起来，一个苍老的老人素描像，便跃然纸上了。在我进一步的调整中，爷爷的眼睛更加有神，爷爷的鼻子虽然因为苍老有些变形，但依然挺拔，那满脸的皱纹正讲述着生活对他的磨炼，这苍老的皮肤，拥有风雨历练的痕迹。我的手还在飞快地滑动，我发现我画得有点过了，线条密集，头像从柔软转向雕塑感。这时父亲的声音又传来了，他有些激动地说："这回你画成功了。"我一下惊醒过来，我把画推开，放远些看，能感到这富有坚强感的老人像，他就是我的爷爷。他像是要从画中走出来的感觉，画面因为线条密，内容多，而显得深沉。幸好我停下来了，这幅素描像画得像。我在这张画的右下角写上了年月日，给爷爷看。爷爷的手抖动得很明显，看了好久，爷爷才说，是的！这就是我！

当我要把爷爷的画像挂在家里时，父亲要我收好。在我放起来的一瞬间，我清楚地再次从窗外看到了秋叶正一片片地飘落下去，那一地的金黄像黄金大道，从我家的院子一路远伸过去。

2年后，爷爷"走"了，爷爷是在冬雪飘落的时候走了。那天雪花很大，像鹅毛，但我仍清楚地记得，那秋日里的落叶，缓缓飘落下去的状态很像雪。爷爷的影子早已印在了我的心里，我常常想起他，现在那张素描像，我珍藏十年了，有时我会拿出来看一看爷爷，爷爷的笑容总是那么慈祥。

现在我在城市里，一样有感情的牵挂，我说："树叶落吧！落出一片金黄，金黄的黄金大道，一路铺去。"我甚至相信爷爷会踩着它轻轻走来，然后又轻轻走去……

# 夜　灯

　　夜从光亮中渐渐沉下，亮的层次由模糊到深色的蓝，最后逐渐成浓黑。夜越深，天上的星星越亮，如若遇到云层厚实的日子，那大地之上便让黑浸透，有时在黑暗中真的不知如何是好。黑夜中行走只好凭经验与感觉，走得顺了，可走一段距离，走得不顺，摔跤、碰头便是常事。

　　幸好夜间有灯，灯是夜的眼睛，我们借助灯光信步走在街市上。冬季灯与雪交辉出的光感是青灰一片的，那种光感冷，但很严肃。顺着公路行走一段，如若雪是刚下过的，会在雪上留下一排轻盈的脚印。如若雪正在落，那么你的身影在夜灯下便显得苍茫，脚印是留下了，但很快就淹没在雪花中了。如若雪下得厚了，脚踩上去会有咯吱咯吱的声音，那声响在脚下，声音不大，但传得很远。灯光之下夜是丰富的，当我看近的灯光时，我发现自己的身影很厚、很重，影子很长，比地上的灰还要浓；如若影子落在雪上，就轻多了，但那影子还是比雪浓得多，我便深信人是有影子的，而鬼无影。冬雪里的人是单纯的、厚实的，老棉袄厚毛衣会把人变得笨些。但与简单的雪、简单的树一样，颜色都是那么单纯。有时，我很喜欢这单纯的颜色，它能使人静下来，静得让思想随青灰色的波纹逐渐扩散，散得无影无踪。而灯会不停地向你眨眼，灯的亮在夜里，不是静态的，你动它也跟着走动，你静下来，但灯的光是动的，能射出长长短短的光柱。路灯大多是一排排过去的，灯光由近及远，不知为什么，我对远处的灯更喜欢，在暗色的背影中，那灯便更亮，更有引导力。我看见远灯在大地上招手，看见更远的灯，我便相信那是星星。天上的星星是会眨眼的，地上的那夜灯，一样眨着眼。在夜里，方位最重要，看着灯，看着路，你不会害怕，有时看着远处的灯光，你会在思想中产生一个空间，在那里像电影一样走着你的朋友、亲人，还有你曾经爱过的女孩，有你 7 岁时的活泼、欢笑。

夏季，城里的人常常借着夜灯在公园、广场闲游，那时的灯是密集的，灯的色彩由红到紫，七色之中，把酸甜苦辣一一展现。

在大地之上，夜灯是眼睛，它们望着你，你也会望着它们。它们的光在夜里闪烁。如若出远门，去了另一个城市，火车、大巴、小车在夜里穿梭，车灯的晃动就像是船在水中摇。周围好长时间没有灯时，就看着窗外那幽幽的黑，当车在摇晃中到达另一个城市时，那时明显的标志就是灯。灯在远处就能点缀出一片夜的星空，只是这星星在大地之上。车渐行渐近，那闪烁的灯越来越多时，由点点小灯到长长的一条线，到一片片灯海，最后到达城市，高高低低的灯，在那里聚着，它们就在那儿等待着你，并且送你远去。随后你在这个城市的灯光下，找到了入住的房屋。房屋里的灯暖暖地映照着整个屋子。在灯光下，你能看见自己的手，看见周围的物件，可以看看自己皮鞋上的灰尘；如若有镜子，看看镜子里的你自己。夜在屋外深沉下去，渐渐静下去，静得能听见心跳时，你会想起自己，在划动中感觉到时光也是这样匆匆地划过。

今夜我站在灯火繁盛的城市里，我想到那一片灯火照耀下的大学以北，通往开发区的路灯，灯光透过疏松的树枝，照着树下的一对恋人。

车灯快速地移动，从一条路的一头照向另一头，一转弯就不见了，但随后会驶过来更多的车，车走近时，你会发现夜间城里跑来跑去的多数是红色的的士。在我的潜意识中，它们都是红色小甲虫，只是它们一年四季都在城市里穿来穿去。夏季，望着灯光，望着远方，望着自己博大的内心世界，灯光在夜里就是指明灯。渐渐地，我的眼和你的眼习惯了夜灯的歌唱，我会轻轻地聆听，在城市的边缘。

# 支撑人生的事业

　　大学毕业后，我义无反顾地进入建筑行业，在这块土地上，挥洒辛勤的汗水，用智慧在戈壁、在城市筑起一座座高楼。我们建筑工人总是要以建设为动力，因建设而抛弃守家护院的好儿郎形象。我们一年当中在家待不了几天，工地就是我们的第二个家。我们的家经常换，一个工程结束了，我们就要去一个新的家，在新疆广袤的土地上，到处留下我们的足迹与身影。

　　曾记得有一年，妻生病，我正在南疆巴楚一线施工。回家后见妻人瘦了一圈，只见妻一脸憔悴，一脸不高兴，而我心中也很难过。多少个花好月圆的日子，我们建筑队伍却在离家千里之外的土地上忙着施工。忙时，白天晚上都在施工。而妻却要一个人独守空门，于是我心痛，用一双大手轻轻抚弄妻的头发，妻便泪下，双肩抽动。每每这时，我都会把思想弄得激烈繁乱，我对于这个家有太多的愧疚。我曾想我若不是一个建筑工人多好，至少我能每天在离家不远的地方工作，按时上下班，周末挽着妻儿或陪父母在公园闲游、在街道林荫处散步，多好呀！可是每当我穿上施工服，戴上安全帽，我便忘了一切。这个安全帽在头上戴着并无多好，夏天闷热、冬天冰凉，可是它却代表我们建筑工人的形象，能保护我们的生命。我们穿的工作服又厚又硬，经常满是泥浆。

今年我们又转到新疆首府乌鲁木齐，一天由于工程急需一些材料，我与技术人员一同去了建筑产品市场，真巧！一下车便碰到了高中同学梅子，梅子先是一愣，然后吃惊！你怎么这副模样？我想我一直是这样呀！再一看自己才明白，由于工作忙，出来时忘了换衣服，现在这模样倒让同学以为我是民工呢。梅子大学时在我们班上算是漂亮的女生，大眼睛，高鼻梁，听说做生意混得不错，早听说有几十万的存款了。没想到在街上碰到，梅子挺热情，要请我吃饭，而后急急地打了几个电话，说还约了班里的其他四个女孩。我一吃惊，不对呀！乌市我们班只有四人呀，怎么多了一位？梅子神神秘秘地说："石河子的秀秀刚下飞机，她从北京进了一批高档首饰，今晚要在乌市住一晚。""秀秀"大学时个子很高，不爱说话，而如今她又怎么会做生意了呢？梅子接过话："你不知道呀，秀秀可是咱们班最有钱的人了，资产100多万了。"我先吃惊，而后想想自己这几年东奔西走，每月也就那么点工资，突然觉得自己好渺小。其实在学校时我比她们几个学习好，而如今是经济时代，很多时候是以金钱来论英雄的。我们建筑工人，除了每天忙于工程建设外，从未考虑过这些。现在看来有些动摇我的决心，我得考虑重新择业去挣更多的钱。不多时，大学时的五位女生到齐了，还有一位女生带了丈夫。由于我是一个男生，我只好表示今天的相聚由我来请客，我提议去小吃店，那里实惠价格低。结果，梅子说你听我安排吧。我要坚持，梅子无奈，便同意由我安排，可是梅子提议要去乌市最有名的"海德"酒馆，这着实把我吓出一身冷汗。我知道那里是乌鲁木齐消费最高的场所。我正发愁，只见石河子的秀秀提议所有的费用她一人承担，而我除了摆脱了尴尬外，便剩下了对这次聚会的不高兴。特别是同学们都穿着时髦的服装，而我显得好土气，为了迎合气氛，我只好与她们一起欢笑，饭吃完后只见秀秀轻松地付了4000元钱。我却想这4000元可是我3个多月的工资呀！就这样，我悄悄地回到工地，我喝得有些多了，我站在建筑的楼前，依次地向上望，当我望见暗蓝的天和灰色的白云时，心情才稍稍缓和了些。眼前的楼阁壮观、高大，而刚才的聚会已像一场梦，过眼烟云般地飘去了。我摸摸这坚实的水泥墙面，厚实的水泥板，感到这里才是最真实的地方，而我早已与钢筋水泥相融了，原来支撑我不愿离开这个岗位的是我自己，是我从事的事业。那夜我的心痛了，也激动了，一个人若一心为了钱可能会富有。但一个人为了事业不求功利，太难做到，而我想守住这一份事业！

如今我依然在建筑工地上忙着施工，我的心却是充实的。只是在空闲时总会想起妻子、老人，想着与妻一年不多的几次相聚，人非草木呀，我的事业既已如此，我便要付出更多的努力。我想眼前矗立的座座高楼便是对我最大的安慰，我想那也是你，是我们建筑工人为祖国贡献的最好礼物。什么能永恒呢？人的寿命也不过短短几十年，而我们建筑的工程，却能留下几百年甚至上千年，它能增添一个城市的风采，成为戈壁上的丰碑，它高大神奇，让人敬佩。